곁에
두고 싶은
책

곁에 두고 싶은 책

박성희

민음인

차례

꿈과 힘, 용기와 위안을 주는 책들

'국화 옆에서'의 시인 서정주(1915~2000)는 말했다. "나를 키운 건 8할이 바람이었다." 시인뿐이랴. 우리 모두 바람 속에서 큰다. 포근하면 제자리에 머문다. 행복하니까. 칼바람 몰아치는 허허벌판에 혼자 버려진 듯 절박해야 움직인다. 바람과 추위를 피해 살아남자면 어떻게든 방향을 찾고 무슨 일이든 해야 하는 까닭이다.

삶을 흔드는 바람을 견디고 이기는 방법은 여러 가지다. 누구는 운동이나 게임, 누구는 공부나 일, 누구는 사람에 매달리고 더러는 취미나 술·담배에 기댄다. 사람마다 상황이 다르니 정답이 있을 리 없다. 모범답안이 있다면 사는 게 이토록 버거울 리 만무하다.

책은 캄캄한 터널에 갇힌 듯 암담할 때, 갑자기 날아온 돌에 맞거나 돌부리에 걸려 넘어졌을 때, 삶의 갈피를 잡을 수 없어 방황할 때 길을 알려 주는 이정표이자 땀을 식혀 주는 시원한 물과 같다. 두 손 잡아 일으켜 세우고, 어디로 어떻게 가라고 일러준다. 사람답게 살자면, 후회를 줄이자면, 헛헛한 가슴을 메우자면 어떻게 해야 할지에 대한 답도 가르친다. 앞으로 내달리느라 정신없을 때 멈춤과 쉼의 중요성을 전하고 궁극적인 승리의 길 또한 제시한다. 책은 이렇게 언제 어디서든 만날 수 있는 최고의 멘토요, 부서지고 문드러진 가슴의 상처를 치유하는 최상의 힐링제다.

적어도 내겐 그랬다. 사는 내내 세상은 만만치 않았다. 고무줄 같은 놀이를 못해 혼자였던 초등학생 때부터, 믿었던 선생님이 과외를 한다는 사실에 절망했던 중·고교 시절, 뒤늦게 들어간 대학에서 동급생 간 묘한 이질감을 느끼던 무렵까지 수시로 눈앞이 캄캄해지곤 했다.

직장에서도 다르지 않았다. '여기자는 여자가 아니다.'를 입증하듯 남자들 속에 파묻혀 일했지만 그들 세계에 완전히 편입될 순 없었다. 집에서도 마찬가지였다. 오랜 연애 끝에 결혼했는데도 사소한 일로 의견이 갈릴 때마다 서로 다른 별에서 온 게 틀림없다 싶었다.

숱한 터널과 늪을 빠져나올 수 있었던 건 책 덕분이다. 어린 시절엔, 깍두기로 붙여 줘도 금세 죽어 초라해지는 대신 교실에서 『플루타르크 영웅전』이나 『시이튼 동물기』를 읽으며 다른 아이들은 모르는 걸 알게 된 사실에 뿌듯해 했고, 조금 더 커선 한니발과 나폴레옹, 퀴리 부인의 전기를 읽으며 '나도 언젠가는'을 상상하면서 가슴을 폈다. 나이 들어서도 도무지 어찌해야 좋을지 모를 때, 서글픔과 분노로 가슴이 터질 것 같을 때마다 책 속으로 들어갔다.

종류나 장르는 크게 상관없었다. 너무 난삽하거나 유행에 편승한 책만 아니면 됐다. 중·고등학교나 대학의 권장도서 중엔 아무리 애써도 책장을 넘기기 힘든 것들이 수두룩하다. 전문 서적이거나 시대에 맞지 않는데도, 지금까지 권장도서였다는 사실 때문에 계속 목록에 오르는 경우다. 관행이란 이렇게 무섭다.

책은 억지로 읽을 수 없다. 시험공부나 논문 작성을 위해서라면 몰라도 그렇지 않다면 읽고 싶고 읽을 수 있는 것, 시간이 아깝지 않은 것, 책장을 덮고 나서도 오래도록 기억에 남는 것만 추리기에도 바쁜 세상이다. "좋은 책보다 좋아하는 책을 읽으라."는 조언도 있지 않던가. 책이란 무엇보다 읽고 이해하고 느낄 수 있는 것이라야 한다.

내가 가장 좋아하는 건 사람 얘기다. 더듬거리면서 살아온 탓인가. 고난과 역경을 극복한 이들의 삶을 담았거나 그런 이들이 쓴 책에 마음이 끌린다. 사람 얘기가 실린 책에는 삶에 대한 열정과 의지, 자신을 괴롭힌 세상에 대한 긍정과 따뜻함이 있다. '어떻게 이럴 수가!'라는 감탄이 터지는 부분에 이르면 절로 힘이 솟고 얼었던 마음도 녹는다. 정주영의『이 땅에 태어나서』와 스티브 잡스의『iCon 스티브 잡스』, 히로다타의『오체불만족 완전판』, 이지선의『지선아 사랑해』, 장영희의『축복』같은 책이 그렇다.

문학도 좋다. 도무지 알 수 없는 인간의 속을 들여다보게 해 주는 까닭이다.『리어왕』은 부모와 자식 간에도 얼마나 많은 계산과 흥정이 오가는지, 진실과 거짓의 구분이 얼마나 어려운지를 적나라하게 드러낸다.『파우스트』는 노력하는 자의 방황을,『도리언 그레이의 초상』은 영원한 젊음과 아름다움에 대한 환상이 부르는 비극을,『그해 겨울은 따뜻했네』는 선악의 경계와 이기심의 끝은 어디인가를 일깨운다. 문학은 예나 지금이나 세상을 보는 창이다.

우리 선인들의 글과 삶을 들여다보는 건 서양 사람들의 사고와 지식 체계를 아는 것과는 또 다른 즐거움을 준다.『정조의 수상록 일득록 연구』는 세종과 함께 조선조 2대 대왕으로 꼽히는 이가 겪은 고통과 갈등, 마음속 파고를 달래기 위한 노력을 고스란히 보여 줌으로써 리더의 아픔과 함께 그가 간직하고 지켜 나가야 할 덕목들을 펼쳐 보인다.

정약용의『유배지에서 보낸 편지』는 역사적 인물이 어떻게 태어나는가를 알려 준다. 그는 장장 18년 동안 가족과 떨어져 귀양살이를 하면서도 원망과 자괴감으로 날을 지새우긴커녕 농사는 어떻게 하면 잘 지을지, 품격도 지키면서 돈을 벌 수 있는 방법은 무엇인지, 나라와 고을은 무슨 수로 잘 다스릴지 등 오만 가지를 궁리하고 기록했다. 또 두 아들에게 어머니를 잘 모시고 양반답게 굴라는 등 시시콜콜 잔소리를 해댄다. 영락없는 아버지다.

여성 관련 책은 남녀 차이를 이해하는 데 딱이다. 1000년 전 일본 여인의『마쿠라노소시』는 남성이 따라올 수 없는 여성만의 감수성을 전하고, 힐러리 클린턴과 칼리 피오리나의 자서전은 남성중심사회의 편견을 깨트리고 여성 리더가 되기 위한 요건을 조목조목 나열한다. 권인숙이 길고 어두웠던 터널을 빠져나와 펴낸『선택』은 일과 가족 등 애써 짊어지고 온 모든 것들을 내려놓고 어디론가 훌쩍 사라지고 싶을 때마다 '배부른 생각 말라.'고 호통친다. 권인숙은 물론 그 부모가 뜬눈으로 지새우며 신에게 '왜'라는 의문과 기도를 반복했을 밤을 생각하면 내 울화쯤은 순식간에 가라앉고 '열심히 반듯하게 살아야지.' 싶어진다.

에세이, 경제·경영, 과학·역사, 자기계발 할 것 없이 곁에 두고 싶은 책은 사람에 대한 애정과 사람살이의 본령, 세상 사는 지혜를 담은 것들이다. 어떻게 해야 살면서 겪는 아픔과 분노, 증오를 덜고 좀 더 인간답게, 더불어 편안하게 살 수 있을지에 대한 조언과 지침, 철학을 간직한 책들인 것이다. 쓰고 말하기, 일에 필요한 지식과 정보는 덤이다.

신간만 안내하기에도 모자란 신문의 독서 페이지를 쪼개 '곁에 두고 싶은 책'을 연재하자고 제의한 건, 제목만 유명할 뿐 읽기 힘든 '권장도서' 대신 누구나 편하게 읽고 힘과 위안, 일상생활에 필요한 상식을 얻을 수 있는 책을 소개할 때가 되지 않았나 싶었기 때문이다. 권장도서 목록에 빠지지 않는다는 이유로, 이해도 공감도 하기 힘든 책을 읽으라고 권하기보다는 언제든 보면서 꿈과 길을 찾고 용기를 낼 수 있는 책을 알려 주고 싶었다.

실제로 제아무리 유명해도 지나치게 현학적이어서 머리가 지끈거리는 책, 양이 방대해 통독하기 어려운 책, 너무 전문적이거나 시대적인 감각에 맞지 않는 책은 제외했다. 다행히 사내외 반응 모두 괜

곁에 두고 싶은 책

찾아서 꼬박 1년 반 동안 연재하는 복을 누렸다. 신문 연재라는 특성 상 빠트렸던 책들을 더해 단행본으로 묶어 내겠다는 용기를 낸 것도 이런 호응 덕이다.

부족한 지면을 내준 한국경제신문 문화부 고두현 부장과 김재일, 서화동 차장에게 새삼 고마운 마음을 전한다. 바쁘다는 핑계로 아내 와 엄마 노릇에 게으른데도 늘 응원해 주는 남편과 두 아이들에게도 '남은 세월동안 잘할 것'을 약속하는 것으로 미안하고 고마운 심정을 대신한다. 뒤늦게 시작한 대학 강의와 수강생들의 반짝이는 눈빛도 이 글을 쓰게 만든 중요한 동기였던 만큼 세명대학교와 한국외국어 대학교, 고려대학교 학생들에게도 고마운 마음을 전하고 싶다.

2012년 9일
박성희

가만히
마음을
다독이다

에
세
이

희망만이 희망이다

『축복』

장영희 엮음, 김점선 그림, 비채, 2006

면도칼은 아프고
강물은 축축하다.
산(酸)은 얼룩을 남기고
총기 사용은 불법이고
올가미는 풀리며
가스는 냄새가 지독하다.
약은 경련을 일으킨다.
차라리 사는 게 낫다.

─도로시 파커, 「다시 시작하라」

책은 힘이 세다. 책엔 실로 다양한 기능이 있다. 지식과 정보를 제
공하고 메시지를 전달하는가 하면 흥미를 유발하기도 하고 스트레
스를 해소할 만한 재미도 제공한다. 어디 그뿐이랴. 공감과 감동으로
남루한 삶에 지쳐 쓰려지려는 이들을 위로하고 격려하며, 그들의 시

커멓게 찌든 가슴속 상처도 치유한다.

『축복』은 여러 요소를 지녔으되 후자 쪽 비중이 더 큰 책이다. 영문학자이자 수필가였던 장영희 교수(1952~2009)가 암 투병 중 일간지에 '영미시 산책'이란 제목으로 연재했던 글을 모아 펴낸 시선집(詩選集)으로 어느 장을 펼쳐도 사랑과 희망, 위안의 메시지가 그득하다.

저자가 골라낸 50편의 시는 물론이고 덧붙인 해설 역시 읽을 때마다 마음을 따뜻하게 하고 기운을 북돋운다. 간절히 바라고 기대했던 일이 비껴가는 바람에 스스로가 마냥 초라해질 때, '여기가 끝인가, 더 이상 다른 길은 없는가.' 싶어 눈앞이 아득할 때 저자의 글은 '그래, 나만 힘든 게 아니지, 삶엔 무한한 가능성이 있으니까 힘내서 살아 봐야지.'라는 의욕의 불씨를 지피게끔 만든다.

책이 지닌 이와 같은 힘은 저자의 삶과 무관하지 않다. 장영희는 영문학자 장왕록(1924~1994)의 1남 5녀 중 셋째로 태어나 한 살 때 소아마비에 걸렸다. 부모님의 보살핌은 극진했지만 세상은 몸이 불편하다는 이유로 그가 유일하게 잘할 수 있는 공부의 기회마저 원천봉쇄하려 들 만큼 냉혹했다.

중학교에 가야 하는데 내 신체의 장애를 이유로 어디서도 입학시험을 허락하지 않았다. 아버지는 이 학교 저 학교 찾아다니며 제발 입학시험만이라도 보게 해 달라고 애원하셨다. 결국 체력장을 면제해 주지 않는다는 조건으로 서울대학교 사범대학 부속중학교에서 입시를 치를 수

곁에 두고 싶은 책

있었다.

—『공부의 즐거움』, 장영희 외, 위즈덤하우스, 2006

이후에도 상황은 별로 달라지지 않았지만 그는 울며 주저앉는 대신 세상과 싸워 이기는 쪽을 택했다. 지독히 공부한 결과 서강대학교 영문과를 졸업하고 미국 뉴욕 주립대학교에서 박사 학위를 받은 후에 모교 교수가 됐다. 오랜 노력에 대한 보상을 받은 듯한 시간도 잠시, 다시 병마가 덮쳤다. 하늘을 향해 삿대질을 할 법도 하건만 장영희 교수는 병을 통해 삶의 진정한 가치를 배운다며 글쓰기와 강의를 멈추지 않았다.

폭넓은 지식과 섬세한 필치로 써 내려간 『문학의 숲을 거닐다』로 문학 전도사란 별칭을 얻었던 장영희가 펴낸 『축복』은 작품과 해설 모두 난해하거나 거창하지 않다. 50편 모두 그저 "살아 있음의 소중함과 기쁨을 느끼고 기운을 내라, 무엇보다 희망을 잃지 말라."고 역설한다. 아무 데나 펼쳐 읽어도 절로 힘이 솟는다.

정신의 노화를 경계하라

『젊은이를 위한 대화』
아놀드 토인비, 최혁순 옮김, 학원사, 1988년

삶과 세상을 보다 나아지게 만들려는 노력의 결과가 신통하지 않았다고 실망하거나 분개하지 말라. 한 세대 만에 세상을 천국으로 만들 순 없다. 조금이라도 개선시켰다면 그 인생은 충분히 가치 있었다고 말할 수 있다.

아놀드 토인비(1889~1975)의 영국 옥스퍼드 대학교 학부 시절 전공은 고대사였다. 위대한 역사학자의 근·현대사에 대한 관심은 대학 졸업 후 사적 조사 차 아테네와 로마에 머문 데서 비롯됐다. 발칸 반도를 둘러싼 국제 정세가 2300년 전 그리스에서 내란이 시작되던 때와 흡사하다는 사실에 화들짝 놀랐던 것이다.

1919년 파리강화회의에서 영국 측 중동 지역 전문가로 활약한 그는 1927년부터 『역사의 연구』 집필에 착수, 31년 만인 1958년 열두 권의 대작을 완성했다. 역사란 도전과 응전의 결과이며, 발전은 창조적 소수에 달렸다고 주장한 여든 살 이후인 1971년과 1974년 젊은 층을 위한 『미래를 살다(Surviving the Future)』와 『삶의 선택(Choose Life: A Dialogue Between Arnold Toynbee & Daisaku Ikeda)』을 펴냈다.

『젊은이를 위한 대화』는 이 두 저서에서 발췌한 내용을 모은 것으로 인생의 목적, 삶과 죽음, 사랑과 성, 결혼, 세대 간 괴리 같은 동서 고금 모든 젊은 세대의 가슴을 짓누르는 문제에 대한 답을 담고 있다. 역사학자로서 현실 정치와 외교 문제에 두루 관여했던 덕일까, 석학의 조언은 40년 세월을 뛰어넘는다.

그는 인생이란 "인간성의 합리적인 면과 비합리적인 면의 끊임없는 투쟁"이라고 정의한다. 또 '카르마(業)'를 이해하라고 권한다.

젊은 세대의 불안과 분노, 절망감, 기성세대에 대한 원망은 윗 세대가 마땅히 해 놓아야 할 개혁을 하지 않았다고 여기는 데서 기인하는 일로 극히 당연한 것일 수 있다. 하지만 그와 같은 질책은 힘을 지닌 세대가 고의적으로 자신의 직무를 회피하고 유기한 경우에 한정돼야 한다.

우리는 모두 과거 유산, 곧 대대로 누적돼 온 카르마에 의해 제약받는 만큼, 누구도 하루아침에 현실을 벗어나긴 어렵다는 사실을 이해하라는 얘기다. 아울러 동정심과 관대함을 잃지 말라고 조언한다. 보수적인 이들에겐 반대하고, 사상과 이상이 잘못됐다 싶으면 저항하고 타파하려 노력하되 미움 없이 하라는 것이다.

그리고 무엇보다 폭력적으로 변하지 말라고 말한다. 항의의 정당성에도 불구하고 힘 있는 세력들이 독선적으로, 혹은 바쁘다는 이유로 주목하지 않거나 조소할 경우 폭력에 호소하고 싶겠지만 그래선 안 된다고 강조한다. 폭력은 더 큰 폭력을 부를 뿐이라는 이유에서다. 대신 동시대의 위대한 혼에서 평온과 인내를 본받으라고 덧붙인다.

그에 따르면 교육이란 "인생의 의미와 목적을 이해시켜 바른 생활 양식을 찾는 과정"이며, 지식인의 목적은 "최대의 이익이 아니라 최대의 서비스"여야 한다. 이혼에 대해선 "사람의 본성은 복잡 미묘해서 일부일처제를 평생 유지하는 일은 어렵지만 아이들에게 미칠 영향을 생각해 가능하면 참아 보라."고 당부한다.

마지막으로 그는 "죽을 때까지 젊은이의 정신을 잃지 말라."고 역설한다.

젊어선 다들 '우리는 윗세대와 다르다, 완고하거나 편협하지 않고 체면에 얽매이지도 않는다.'고 되뇐다. 그러나 나이가 들면 어느새 자신들이 그토록 반대해 오던 것들에 익숙해진다. 중년이 돼도 방어적이고 억압적이 되지 않도록 주의하라. 사랑으로 적의를 이겨 내도록 노력하라.

행복의 문을 여는 열쇠

『**행복의 정복**』

버트런드 러셀, 이순희 옮김, 사회평론, 2005

너무 강한 자아는 감옥이다. 사랑에 실패하는 것은 남녀 모두 자기를 바치려 하지 않고 따라서 변화도 거부하기 때문이다. 사랑에 대한 지나친 조심이야말로 행복의 치명적인 걸림돌이다.

행복지수라는 게 있다. 영국의 심리학자 캐럴 로스웰과 인생상담사 피트 코언이 만든 것으로 계산법은 간단하다. 행복의 요소를 인생관·적응력·유연성 같은 개인 특성(P, personal), 건강·돈·인간관계 같은 생존 조건(E, existence), 야망·자존심·기대·유머 같은 고차원적 욕구(H, higher order)로 나눈 다음 생존 조건과 고차원적 욕구에 가중치를 두어 더한 것이다.

개인 특성을 1로 봤을 때 생존 조건은 5, 고차원적 욕구는 3으로 본다니까 행복해지려면 돈·건강·친구는 필수고, 야망과 자존심도 충족돼야 한다는 얘기다. 그렇지만 수명은 길어지고 생활 형편 역시 전보다 나아졌는데도 행복하다는 사람은 찾아보기 어렵다. 한국인의

행복지수는 경제협력개발기구(OECD) 34개국 중 32위라는 마당이
다. 도대체 왜?

버트런드 러셀(1872~1970)의 『행복의 정복(The Conquest of Happi-
ness)』은 이런 궁금증에 답한다. 1930년에 쓰인 글인데도 구태의연하
거나 낡았다는 느낌을 주지 않는다. 영국 태생으로 수학과 철학, 논
리학 등 다양한 학문을 섭렵했을 뿐만 아니라 하루 3000 단어를 구
사해 글을 썼다는 저자의 지식과 체험이 녹아든 저작답게 어휘는 풍
성하고 논리는 정연하다.

내용은 크게 두 가지다. '무엇이 인간을 불행하게 하는가'와 '행복
은 아직도 가능한가'라는 것. 앞 부분에선 불행의 원인인 권태, 자극,
죄의식, 피해망상증에 대해 분석하고, 뒷 부분에선 행복의 요건인 열
의, 사랑, 일, 노력과 체념의 중요성을 설명한다.
그는 행복해지려면 무엇보다 그날이 그날 같은 비슷한 일상의 중
요성을 깨달아야 한다고 말한다.

권태는 인생을 갈증투성이로 만든다. 그러나 자극은 약물 같아 점점 더
많은 양을 필요로 한다. 행복한 삶은 기본적으로 조용한 삶이다.

아울러 죄의식에 사로잡히지 말라고 조언한다.

죄의식은 열등감, 열등감은 시기심을 불러 사람을 고독하게 만든다.

피해망상증도 피하라고 주장한다. 자신이 능력만큼 인정받지 못하는 게 실력자들에게 머리를 조아리지 않기 때문이란 식으로 핑계 대지 말라는 것. 아울러 자신의 행위가 자기 믿음만큼 이타적인 것만은 아님을 기억하고, 자신의 장점을 과대평가하지 말고, 대부분의 사람들이 자신을 일부러 박해할 만큼 자기에게 관심을 쏟는다고 생각하지 말라고 덧붙인다.

불행을 면하자면 먼저 자신에 대한 과도한 집착에서 벗어나야 한다고 강조한 그는 행복의 열쇠로 사물에 대한 폭넓은 관심 및 열의와 사랑을 들었다. 기쁘게 일하는 것도 그가 꼽은 행복의 열쇠다.

지식인의 불행은 독자적으로 재능을 발휘할 기회를 갖지 못한 채 돈만 아는 속물이 경영하는 회사에 고용돼 무의미한 것들을 만들어 내도록 강요당하고 있다고 여기는 데서 비롯된다. 그런 생각에 사로잡혀 있는 한 행복이나 만족은 있을 수 없다.

행복의 마지막 비밀은 체념이다.

행복은 잘 익은 과일처럼 저절로 굴러 떨어지는 게 아니다. 세상은 질병, 심리적 장애, 빈곤, 악의 등으로 가득 차 있다. 행복해지려면 각양각색 불행의 원인을 극복하는 방법을 찾아내야 한다. 그러자면 체념도 해야 한다. 사람들은 흔히 잘못돼 버린 하찮은 일에 신경 쓰느라 좀 더 유효적절하게 쓸 수 있는 정력을 낭비한다. 일을 할 땐 전력을 다하되 결과는 운명에 맡기는 태도가 필요하다.

우리 대부분은 돌이킬 없는 일을 곱씹느라 몸과 마음을 망가뜨린다. 러셀에 따르면 행복도 있는 힘껏 정복해야 하는 것이다. 과거에 사로잡히기엔 시간과 기운 모두 아깝다.

지혜의 대가가 알려 주는 인생 지침서

『세상을 보는 지혜』
발타자르 그라시안, 박민수 옮김, 아침나라, 2008 (초판 1992)

지식은 용기가 뒷받침될 때 위대함, 곧 불멸을 낳는다. 성찰과 의지의 관계는 눈과 손의 관계와 같다. 용기가 없는 지식은 열매를 맺지 못한다. 쉬운 일은 어려운 일처럼, 어려운 일은 쉬운 일처럼 하라. 전자는 자부심이 우리를 나태하게 만드는 걸 막고, 후자는 소심함이 우리의 용기를 빼앗는 걸 막는다.

우리 모두 묻는다. 어떻게 살아야 하는가. 어떻게 해야 인생이란 포물선의 꼭지점을 높이고, 정상에 오래 머무르며, 삶의 끝에서 조금이라도 덜 후회하게 될까. 모두가 부러워하는 성공을 위해, 아니 그보다 행복하고 존중받는 삶을 위해 가슴 깊이 새기고 실천해야 할 다짐이 있다면 과연 무엇일까.

발타자르 그라시안(1601~1658)의 『세상을 보는 지혜(Hand-Orakel und Weltklugheit)』는 이와 같은 궁금증에 대한 구체적이고 실질적인 답을 제시한다. 스페인의 작가 겸 철학자 그라시안의 초판이 나온 게 1647년. 후대의 독일 철학자 쇼펜하우어(1788~1860)가 깜짝 놀라 추리고 엮은 걸 보면 세상살이에 필요한 덕목과 도리는 시간과 공간을 초월하는 모양이다. 인간은 이기적이고 변덕스러운, 불완전한 존재란 전제 아래 쓰인 내용은 21세기 독자의 가슴도 찌른다.

윗사람을 능가하려는 건 어리석은 짓이다. 모든 뛰어난 것은 미움 받게 마련이다. 신중하다면 속물들이 내세우는 장점을 감출 것이다. 때론 태만한 것도 괜찮다. 타인의 질투는 비열한 패각 추방을 부를 수 있다. 질투는 완벽한 자의 무과실 자체를 과실로 간주한다. 악의를 달래 그 독소가 터지지 않게 하라.

그라시안은 용기와 겸손의 중요성을 얘기하는 한편 침묵의 효용에 대해서도 강조한다.

소수처럼 생각하고 다수처럼 말하라. 물을 거슬러 헤엄치려 하면 위험에 빠지기 쉽다. 사람은 누가 자기 의견에서 벗어나면 모욕으로 간주하고 저주를 내린다. 진리는 소수만을 위해 있고, 기만은 비천한 만큼 널리 퍼져 있다. 지혜로운 자는 침묵의 성역으로 몸을 숨긴다.

사물은 내적 가치만으로 족하지 않은 만큼 언제든 자신과 자신의 일을 돋보이도록 만들고, 가끔은 거절하되 정중하게 해야 한다고 그는 조언한다. 그리고 화를 내되 적절한 시점에 멈출 줄 알아야 하며 무엇보다 우둔한 자를 참을 수 있어야 한다고 덧붙인다. 지식이 늘어날수록 인내심이 부족해지기 쉬운데 지혜의 절반은 참는 데 있다는 것이다.

　아는 걸 다 말하면 다친다고 했던가. 거짓말은 금물이지만 그렇다고 진실을 다 말해서도 안 된다는 경고는 섬뜩하다. "진실을 다 말하는 건 심장의 피를 다 뽑아내는 것과 같다."는 대목에 이르면 더더욱 그렇다. 그는 또 무엇을 얻으려면 그것을 대수롭지 않게 여기는 것도 방법인 만큼 적당히 모른 채 무시할 수 있어야 한다고 말한다. 망각에 버금가는 복수는 없다는 주장이다.

　"너무 많은 생각에 짓눌리면 바보가 된다."는 말과 함께 언제든 끝을 떠올리라는 얘기는 한시도 잊기 어렵다.

　끝을 생각하라. 사람은 누구나 환호의 문을 지나 행운의 집 안으로 들어섰다 통탄의 문으로 나오기 십상이다. 그러니 들어설 때의 갈채보다 나올 때의 행복을 생각하라. 조급하게 굴지 마라. 매사에 적당히 나눌 줄 알면 즐길 수 있다. 많은 경우 인생보다 행운이 먼저 끝난다.

　누구나 명심해야 할 구절이 아닐 수 없다.

표류를 거부하는 삶이 주는 감동

『오체 불만족 완전판』
오토다케 히로타다, 전경빈 옮김, 창해, 2002

뭉툭한 팔과 뺨 사이에 연필을 끼우고 글씨를 써 보였다. 접시 가장자리에 스푼과 포크를 놓고 지렛대 원리를 이용해 음식을 입에 먹는 시범도 보였다. 가위의 한쪽은 입에 물고 다른 한쪽은 팔로 눌러 가며 얼굴을 움직여 종이도 잘라 보였다. 짧은 다리 때문에 L자로 돼 있는 몸을 움직이면서 혼자 걸을 수 있다는 것도 보여 줬다.

1999년 봄, 『오체 불만족(伍體 不滿足)』 열풍이 몰아쳤을 때 애써 모른 척했다. 갑자기 유행하는 것들에 대해 일단 의심하고 거부하는 버릇 탓도 있었지만, 저자 오토다케 히로타다가 이십 대 초반의 일본 대학생이란 점도 외면의 동기로 상당 부분 작용했다. 책의 완성도에 대한 평가 없이 저자의 신체적 특징만 강조되는 듯한 점도 거슬렸다.

언론에 비친 저자의 해맑은 얼굴과 감동적인 성장 과정에 놀라면서도 끝내 읽지 않았던 책을 펴든 건 그로부터 3년 반이나 지난

2002년 가을 『오체 불만족 완전판』이 나오고 나서였다. '오체 불만족, 그 이후의 이야기'라는 홍보 문구 아래 실린 인용문에 마음이 끌렸기 때문이다. '강물을 건너고 나면 타고 온 뗏목은 버려야 한다.'는 글귀였다.

책은 페이지를 넘길 때마다 호흡을 가다듬게 만들었다. 팔다리가 없다시피 태어나고도 "그래서 뭐가 어떤데?"라며 당당하게 자란 저자도 저자지만, 그런 아들을 처음 본 순간 까무러치기는커녕 "어머, 귀여워라."라고 했다는 어머니와, 엉덩이로 걸어 다녀야 하는 학생을 맡아 홀로 설 수 있도록 보살피고 지도한 두 명의 초등학교 교사 모두 이 세상 사람이 아닌 듯싶었다.

자서전인 만큼 책은 시간을 따라간다. 앞부분에선 선천성 장애인인 저자가 일반 초·중·고교를 졸업하고 재수를 거쳐 와세다 대학교 정치학과에 입학하기까지의 삶이 그려지고, 뒷부분에는 『오체 불만족』 출간으로 하루아침에 유명인사가 돼 겪은 갈등과, 그 갈등과 고민에서 벗어나 성인으로서 새로운 인생을 개척하는 과정이 다뤄진다.

무엇보다 혀를 내두르게 하는 건 어떤 상황에서도 불행해 하지 않는 저자의 긍정적 사고와 신체적 장애를 이유로 도망치지 않고 대드는 용기다. 장애아를 대하는 부모 및 교사의 태도와 후원도 놀랍지만, 어려서부터 그가 보여 주는 밝고 건강한 태도와 불굴의 도전 정신은 인간의 의지가 해낼 수 있는 일에 한계란 없음을 일깨운다.

일반 초등학교 입학을 위해 교육위원들 앞에서 보여 준 시범에 대한 대목은 눈곱만 한 장애물 앞에서도 세상을 원망하고 스스로의 무능을 탓했던 가슴에 번개처럼 내리꽂힌다. 어디 그뿐이랴. 친구들과 함께 지내기 위해 10센티미터도 안 되는 팔다리로 줄넘기와 수영을 배우고, 미식축구 팀에 들어가는 모습은 읽는 사람으로 하여금 자신의 삶을 송두리째 돌아보게 하기에 충분하다.

오토다케 히로타다는 『오체불만족』을 출간하여 유명세를 치른 다음, 대학을 졸업하고 스포츠 리포터 겸 야구잡지 기고가로 사회생활을 시작한다. 그가 책 말미에 털어놓은 얘기는 특별히 쥔 것도 없으면서 변화에 대한 두려움에 떠는 우리 모두에게 "그러지 말고 힘을 내보라."고 속삭인다.

『오체불만족』을 내고 나는 느닷없이 유명인사가 됐고, 이젠 그 책이 내 삶의 모든 것을 규정하고 있다. 이제는 『오체불만족』이란 뗏목을 버리고 싶다. 다른 배에 올라 또 다른 강으로, 더 넓은 바다로 나아가고 싶다.

살아간다는 일의 위대함

『지선아 사랑해』
이지선, 문학동네, 2010(초판 이레, 2003)

눈꺼풀이 다 타 버려 눈을 감을 수도 없고, 피부가 없는 얼굴에서 흘러 나온 진물이 늘 눈에 고여 있었습니다. 어느 날 날벌레 한 마리가 진물 이 고인 눈가에 내려앉았습니다. 고개도 돌릴 수 없고, 손가락 하나 까 딱할 수 없고, 눈을 깜박거릴 수조차 없어 누군가 와서 벌레를 쫓아 주 기 전까지 할 수 있는 게 아무것도 없었습니다.

가슴이 먹먹하다. 『지선아 사랑해』는 2000년 7월 타고 있던 자동차 가 음주운전 차에 받혀 불타면서 얼굴을 비롯한 온몸에 중화상을 입 었던 이지선의 '부활록'이다. 10분 만에 스물두 살 여대생의 예쁜 모 습은 간 데 없이 숯덩이처럼 타 버린 이후, 서른 번이 넘는 수술을 받 았는데도 불구하고 "삶은 선물"이라 말하는 그의 고백은 툭하면 내 뱉는 "힘들다"는 말이 얼마나 사치스런 투정인지 일깨운다.

사고 후 10년에 걸친 그의 삶은 한 인간의 의지와 가족의 사랑이 어떤 기적을 만들어 내는지 보여 준다.

68일 만에 걸음마 열 번을 뗐을 때 온 가족은 뛸 듯이 기뻐했습니다. 그런 상황이라면 매일 울고만 있을 것 같겠지만 정작 그 고난의 한복판에 있던 우리 가족은 사소한 일에도 크게 웃고, 작은 변화에도 많이 감사하며 견뎠습니다.

말이 그렇지 그의 하루하루는 고통의 연속이었다.

처음엔 말끔하고 편안했던 이식 피부들이 시간이 흐를수록 뒤틀렸습니다. 목 피부가 당겨와 턱이 없어진 지 오래고, 등을 바로 세울 수 없어 등받이 없는 의자엔 잠시도 앉아 있을 수 없었습니다. 서로 당기는 피부의 힘 때문에 고개를 들 수 없었고 척추도 점차 휘어졌습니다.

이런 상황에서 벗어난 건 일본에 건너가 조직확장술을 받고 나서였다. 그는 당시 수술을 담당한 후쿠시마 현립의과대학교 부속병원 형성외과 의사 우에다 가츠키에 대한 고마움을 이렇게 적었다.

선생님은 저를 수술 대상이 아닌 사람으로 대해 주셨습니다. 그동안 보아 온 의사들과 달리 제 온몸에 남아 있는 수술 흔적에 대해 말씀하실 때마다 너무나 조심스럽고 예의를 갖춰 동의를 구하셨습니다. 하루에도 수십 명의 환자를 대하는 의사의 얼굴에서 그런 표정이 나올 수 있다는 사실에 제가 오히려 감동받았습니다.

그는 또 자신의 모습을 보면서 수군거리지 않는 일본 사람들 틈에서 처음으로 자유로울 수 있었다고 말한다. 대낮에 외출할 수 있는 용기도 그때 생겨났다는 것. 세 번의 수술 끝에 똑바로 눕고 앉을 수 있게 되자 그는 혼자 미국으로 떠난다. 모두들 끝났다고 말하던 인생의 바닥에서 새로운 꿈을 꾸기 시작한 것이다. 미국에서의 공부 과정은 그가 어떻게 보스턴 대학교(재활상담)와 컬럼비아 대학교(사회복지)에서 두 개의 석사 학위를 받고 UCLA 박사 과정에 합격할 수 있었는지 보여 준다.

오만 가지 핑계를 대도 결국은 더 자고, 더 놀고 싶은 나와의 싸움이었습니다. 날마다 계획을 세우지만 날마다 후회하고 시간을 아껴 쓰지 못한 죄책감에 시달리며 괴로워하다 또 다짐하고 또 무너지는 자신을 수없이 보았습니다. 그래도 한두 번 이기고 나니 그 승리감을 다시 맛보고 싶어 더 노력하고 참게 되었습니다.

책을 덮으면 오직 한 가지 다짐만 남는다. '살아 봐야겠다'는 것. 두 주먹 불끈 쥐고.

겸재의 그림 속 시대와 사상을 더듬다

『**겸재를 따라가는 금강산 여행**』
최완수, 대원사, 1999

물을 다 나타내면 서리고 꺾여서 생기는 먼 느낌이 없을 뿐만 아니라 지렁이를 그려 놓은 것과 무엇이 다르리오.

—곽희, 『임천고치(林泉高致)』, 산수훈(山水訓)

매년 5월과 10월 하순이면 서울 성북동 간송미술관은 꽃, 그림, 사람으로 범벅이 된다. 마당 가득 모란과 국화가 피는 철에 맞춰 열리는 우리 그림 전시회를 보기 위해 남녀노소 할 것 없이 모여드는 까닭이다. 언제부터인가 문화계는 물론이요, 일반인 사이에서도 봄가을 간송미술관 전시는 절대 놓치면 안 되는 행사가 됐다.

전통미술 특히 조선 중·후기 회화에 대한 관심이 이처럼 커진 데엔 무엇보다 간송미술관 최완수 연구실장의 공이 컸다. 최완수 실장은 공부와 결혼한 사람이다. 서울대 사학과를 졸업하고 국립중앙박물관 학예사를 거쳐 1966년 간송미술관으로 옮긴 후 내내 미술관에서 생활하며 우리 전통문화의 가치를 발견하고 알리는 데 앞장섰다.

그는 특히 겸재 정선(鄭歚, 1676~1759)의 재조명에 힘썼다. 겸재가 오늘날 '화성(畵聖)'으로 추앙받는 건 순전히 그와 제자들로 구성된 간송학파 덕이다. 그는 미술사뿐만 아니라 18세기 정치·사상적 맥락을 속속들이 파헤쳐 겸재를 단순한 화원이 아닌 율곡 이이(李珥) 중심의 조선 성리학을 바탕으로 18세기 이 땅에 꽃핀 진경문화 창달의 주역으로 되살려 냈다.

『겸재를 따라가는 금강산 여행』은 그런 노력을 모은 책이다.

> 겸재 정선은 바위와 흙이 적당히 어우러진 우리 산천의 특징을 묘사하는 데 가장 적합한 진경산수화법을 창안한 인물이다. 겸재가 가장 심혈을 기울여 그린 진경이 바로 금강산이다. 백색 암봉은 북방계의 강한 필묘로, 수림이 우거진 토산은 부드러운 남방계의 묵묘로 처리해 극단적인 음양 대비를 보이면서, 화면 구성에선 반드시 육산이 골산을 포근히 감싸는 음양조화의 성리학적 우주관이 적용되는 신(新)화풍을 창안한 것이다.

「풍악내산총람」을 비롯 「금강내산총도」, 「장안사」, 「백천동」, 「정양사」, 「만폭동」, 「비로봉」, 「불정대」, 「구룡연」, 「삼일포」 등 서른여섯 살부터 여든네 살까지 그린 금강산 그림 71점의 도판과 상세한 설명은 천하명산이란 금강산의 절경에 새삼 탄복하게 한다. 그림에 더해진 제시(題詩)와 관련 문헌에 대한 해석은 다른 곳에선 찾기 힘든 옛글을 읽는 즐거움을 보탠다.

책은 모든 그림에 대해 연방 감탄만으로 일관하지도 않는다. 「보덕
굴」에 대한 평이 그것이다.

금강천 긴 물줄기를 하나도 빼놓지 않고 모두 표현해 보려고 화면의 중
앙에 굽이굽이 모두 다 그려 놓았다. 벽하담을 중심으로 아래위로 이
어진 이 물줄기는 조금도 장원유심(길고 멀며 그윽하고 깊음)한 느낌이 들
지 않는다.

뭐든 아름다움의 기초는 절제와 생략에서 비롯된다는 얘기다.
전통문화를 지키고 가다듬는 일이 왜 중요한지 밝힌 대목은 실로
절절할 따름이다.

세상의 어떤 문화도 자가 발원의 자생 문화만으로 이뤄진 경우는 없다.
외래문화를 수용하여 자기화할 수 있는 자체 수용 능력 여부에 따라 고
유문화로 독립성을 유지하기도 하고 정복 소멸돼 자기 색채를 잃기도
할 뿐이다. 자체 수용 능력이란 축적된 문화 역량이다. 전통문화를 얼마
만큼 보유하고 있느냐에 따라 외래문화를 자기화 해낼 수 있는 수준이
결정되기 때문이다.

금강산 유람의 즐거움, 음양 조화가 어우러진 진경산수의 멋을 만
끽하는 보람, 일생동안 공부만 한 이의 지식과 그가 찾아낸 고풍스러
운 옛 언어를 익히는 기쁨 모두 다른 책에선 맛볼 수 없는 것들이다.
마음 둘 곳 없고 생각이 버거울 때 펼쳐 보면 그만이다.

언어라는 도구를 끊임없이 연마하기

『글쓰기 생각쓰기』
윌리엄 진서, 이한중 옮김, 돌베개, 2007

아무 역할도 하지 못하는 단어, 짧은 단어로 표현할 수 있는 긴 단어, 이미 있는 동사와 뜻이 같은 부사, 읽는 사람이 누가 뭘 하고 있는 건지 모르게 만드는 수동문. 이런 건 모두 문장의 힘을 약하게 하는 불순물일 뿐이다.

글쟁이 30여 년. 여전히 힘들다. 첫 두 줄 때문에 반나절을 끙끙대고, 시간에 쫓겨 어설픈 상태로 끝낸 마지막 문장이 걸려 밤새 잠을 설치는 일도 적지 않다. 목표는 간명하다. '군더더기 없이 깔끔하면서도 적확한 글, 술술 읽히되 무릎을 치게 만드는 글을 쓰자, 멋 부리느라 장황하게 늘어놓는 일은 되도록 피하자.'는 것이다.

다짐하고 애써 보지만 뜻 같지 않다. 중복이다 싶어 쳐 내다 보면 건조해지기 십상이고, 풀어 쓰다 보면 왠지 가볍게 느껴진다. 어떻게 해야 잘 쓸 수 있을까. 좋은 글은 어떤 글인가. 담백한 글에 대한 믿음은 옳은 건가. 윌리엄 진서의『글쓰기 생각쓰기(On Writing Well:

The Classic Guide to Writing Nonfiction)』는 이런 고민과 물음에 명쾌하게 답한다.

기자로 시작해 컬럼비아 대학교 언론대학원에서 글쓰기를 가르치는 저자는 1976년 출간된 후 미국에서만 100만 부 이상 팔린 이 책의 첫 페이지를 "간소한 글이 좋은 글이다."로 시작한다. 많은 경우 문장이 너무 간소하면 뭔가 잘못됐다고 생각하고 불필요한 단어와 무의미한 전문용어를 동원해 난삽하게 쓰지만, 좋은 글쓰기의 비결은 모든 문장에서 가장 분명한 요소만 남기고 나머지는 모두 걸어 내는 것이란 조언이다. "상당한 양의 강우가 예상된다."가 아니라 "비가 많이 올 것 같다."고 써야 한다는 얘기다.

군더더기를 찾아내자면 유용하지 않다 싶은 단어나 대목에 괄호를 쳐 보면 된다고 이른다. 그런 다음 빼고 읽어도 의미에 지장이 없으면 지우는 게 맞다는 주장이다.

진부한 표현과 천박한 속어 또한 금물이라고 말한다.

모든 글은 최상의 언어와 최상의 독자에 대한 경의를 품고 써야 한다. 뛰어난 운동선수가 힘 들이지 않은 듯한 모습을 보여 주는 건 엄청난 노력의 결과다. 거칠고 성긴 문체를 쓰고 싶은 충동이 강하다면 자신이 쓴 글을 큰 소리로 읽으면서 듣기 좋은지 직접 느껴 보라.

참신함을 찾아내는 감각 습득법도 제시한다. 비법은 다름 아닌 모방과 훈련. 관심 있는 분야의 최고가 쓴 글을 소리 내어 읽는 동안 그의 감각을 자기 것으로 만들 수 있다는 가르침이다. "자신의 목소리와 정체성을 잃어버리면 어쩌나 하는 걱정은 필요 없다. 곧 그 껍질을 벗고 자신만의 형태로 자라날 수 있다."고 우려하는 독자를 다독인다.

그러나 그는 이 모든 테크닉에 앞서 좋은 글을 만드는 가장 중요한 요소는 "자신감과 즐거움, 분명한 의도, 정직함"이라고 못 박는다. 자신을 믿고, 위험을 감수하고, 남들과 달라지려 애쓰고, 스스로를 부단히 연마해야 잘 쓸 수 있다는 것이다.

온 세상에 블로거들이 넘친다. 하지만 글쓰기의 본질은 고쳐쓰기다. 막힘없이 써 낸다고 해서 잘 쓰는 건 아니다. 글쓰기를 쉽게 만드는 어떤 기술이 나온다 해도 그 덕에 글이 배로 좋아지진 않는다. 필요한 건 언제나 언어라는 수수하고 오래된 도구와 끊임없는 노력이다.

1000년 전 일본 세속 단상

『마쿠라노소시』

세이쇼나곤 ,정순분 옮김, 지만지, 2012

무너진 축대, 성격 좋기로 소문난 사람, 급한 일이 있을 때 찾아와 수다 떠는 사람, 대단한 것 하나 없는 사람이 만면에 웃음을 띠고 득의양양하게 설교하려 드는 것.

남 몰래 오는 사람을 알아보고 눈치 없이 짖는 개, 뭐든 다른 사람 탓을 하고 시도 때도 없이 신세 한탄을 하거나 남의 뒷얘기를 좋아하는 사람.

앞은 '얕보이는 것', 뒤는 '밉살스러운 것'에 대한 설명이다. 그렇다면 '화나는 것'은? '편지나 답장을 써서 시종에게 보냈는데 고치고 싶어지는 것, 급하게 바느질하면서 바늘을 뺐는데 실 끝에 매듭이 지어지지 않은 것, 권세가 하인이 찾아와 설령 기분 나빠도 자기네를 어떻게 하겠느냐는 듯 무례하게 구는 것.'

곁에 두고 싶은 책

1000년 전 일본 여인이 기록한 세상 인심과 사람 마음이다. 그것 참!『마쿠라노소시(枕草子)』의 마쿠라(枕, 베개)는 몸 가까이 은밀히 지니는 것, 소시(草子)는 묶은 책을 일컫는다. 우리말로는 '베갯머리 서책'쯤 되는 셈. 993년부터 1000년까지 뇨보(女房, 궁녀)로 일했던 세이 쇼나곤(清少納言)의 수필집으로 일본 고전문학의 대표작이다.

저자는 뇨보라고 돼 있지만 이혼한 뒤 궁궐에 들어왔다 모시던 이가 사망하자 궐을 나가 다시 결혼했다는 걸로 미루어 봤을 때 우리나라 상궁과는 성격이 다른, 일종의 여성 관료였던 듯하다. 누군가 읽을 걸 염두에 두지 않고 쓴 글들은 솔직하기 이를 데 없다. 궁궐 생활, 자연과 풍속, 남녀 관계 등을 고루 다룬 300여 편은 10세기 말 일본 사회의 모습을 고스란히 전해 준다.

방석처럼 곱게 정성 들여 짠 '고려식 다다미'를 하사받았다는 대목은 고려 시대에도 다다미가 있었음을, 양자와 사위 얘기의 잦은 등장은 일본의 가족 제도가 일찍부터 우리와 달랐음을 짐작하게 한다. 그러나 이 책의 장점은 무엇보다 동서고금 할 것 없이 똑같다 싶은 사람의 심사에 대한 세심한 관찰과 절묘한 표현이다.

손님과 얘기하는데 안쪽에서 은밀한 소리가 들리는 것, 사랑하는 남자가 술에 취해 한 얘기 또 하고 또 하는 것, 본인이 듣는 줄 모른 채 그 사람 얘기를 한 것, 학문 높은 사람 앞에서 그렇지 않은 사람이 아는 척 옛날 위인들 이름을 들먹이는 것.

‘민망한 것’에 대한 풀이거니와 ‘흔치 않은 것’의 예 또한 그렇다.

장인한테 칭찬받는 사위, 시어머니한테 귀염받는 며느리, 주인 험담 안
하는 시종, 일하는 사람으로 조금도 흐트러짐 없이 조심스럽게 행동하
는 경우.

실물이 그림보다 나은 것은 ‘패랭이꽃, 창포, 벚꽃’, 그림이 실물보
다 나은 건 ‘소나무, 가을 들녘, 산골 마을, 산길’이요, 멀고도 가까
운 것은 ‘극락, 뱃길, 남녀사이’란 대목에 이르면 숨을 가다듬지 않
을 수 없다.
‘기쁜 것’이란 대목은 좋은 글쓰기의 바탕이 읽기라는 사실과 함께
일본 수필집의 효시가 어떻게 탄생됐는지 일깨운다.

책의 첫 권을 읽고 궁금하던 차에 다음 권을 읽게 됐을 때, 다른 사람이
찢어 버린 편지를 붙여서 몇 줄 읽게 됐을 때, 공식적인 자리에서 읊은
노래나 다른 사람과 주고받은 노래가 좋은 평판이 나서 누군가의 비망
록에 기록되는 것.

천재 과학자의 다정한 진심

『아인슈타인의 유쾌한 편지함』

앨리스 캘러프라이스, 박은희 옮김, 세종서적, 2003

오늘 너와 에두아르트에게 장난감을 보냈다. 피아노 연습을 게을리하지 마라. 연습은 좋아하는 곡으로 해라. 시간이 어떻게 가는 줄 모를 만큼 즐겁게 하는 일에서 얻는 게 가장 많다. 하나 더. 매일 양치질을 해라. 이에 문제가 있거든 즉시 치과에 가라. 나이 들면 알겠지만 이는 정말 중요하다.

— 1915년 큰아들 한스에게

영락없는 아버지다. 아인슈타인이 아들에게 보낸 편지엔 비록 떨어져 지낼지언정 자식의 장래와 건강을 걱정하느라 여념이 없는 아버지의 모습이 고스란히 담겨 있다.

알베르트 아인슈타인(1879~1955)은 천재의 대명사다. 스물여섯 살에 '특수 상대성이론' 등 다섯 편의 역사적인 논문을 내놨고, 스물아홉 살에 스위스 취리히 연방공과대학교 이론물리학 교수가 됐다. 1916년 발표한 '일반 상대성이론'이 3년 만에 영국의 천문·물리학자 아서 에딩턴에 의해 입증됨으로써 1922년 노벨물리학상을 받았다. 일찍이 노벨상을 받을 걸 장담했다는 후문도 있다.

일흔넷의 나이로 세상을 떠날 때까지 받은 박사 학위만 스무 개 남짓. 이런 그도 개인적으론 자신의 감정과 운명을 어쩌지 못한 보통 사람이었다. 대학 시절 만나 부모의 반대를 무릅쓰고 결혼한 네 살 연상 아내 밀레바와의 사이에 딸과 두 아들을 낳았지만 딸은 얼굴도 못 본 데다, 아내와 이혼하고 사촌 여동생 엘자와 재혼하면서 아들들과도 줄곧 헤어져 지냈다. 헤어지면 남보다 못하다던가. 전 부인에겐 냉담했지만 아들들에겐 다정다감하려 애썼고, 특히 정신분열증에 시달린 둘째 아들 때문에 늘 가슴 아파했다.

『아인슈타인의 유쾌한 편지함(Dear Prof. Einstein: Albert Einstein's Letters to and from Children)』은 아인슈타인의 이런 인간적인 면모를 고스란히 보여 주는 책이다. 두껍지 않은 분량에 간단한 전기(傳記), 가족 및 전 세계 어린이와 주고받은 편지, 어록, 사진과 캐리커처가 담긴 책은 괜한 격식이나 권위적인 것과는 거리를 둔 채 평생 자유롭게 살고자 했던 그의 솔직하고 유머러스한 모습을 드러내고 있어 언제 읽어도 얼굴 가득 미소를 머금게 만든다.

창백한 얼굴에 긴 머리, 적당히 나온 올챙이배를 상상해 보렴. 그리고 이상한 걸음걸이. 입에는 시가를 물고 펜을 주머니에 꽂거나 손에 쥔 모습 말이야. 삼촌은 다리가 휘지 않았고 사마귀 같은 것도 없거든. 꽤 잘생긴 편이지. 못생긴 남자들이 흔히 그렇듯 손에 털이 수북하지도 않단다.

삼촌의 얼굴을 못 봐 서운하다는 조카 엘리자베스 레이에게 보낸 편지다.

어린이들의 편지에 대한 답장에도 '척하는' 대목이라곤 없다.

네가 제일 똑똑한 녀석은 아니지만 그래도 호기심이 많아 다행이다. 수프가 빨리 식지 않는 건 표면의 지방층이 수분 증발을 어렵게 하고 그게 냉각 속도를 늦추기 때문이다.

"이스라엘 대통령직을 왜 거절했느냐."는 물음에 대한 답이나 "핵에너지를 발견한 인간이 어째서 그걸 통제할 수단은 못 찾느냐."는 질문에 대한 답은 단순하면서도 명확하기 이를 데 없다. "듣기 싫은 소리를 늘어놓고 싶지 않았거든."과 "그거야 간단하지. 정치가 물리학보다 어렵잖아."가 그것이다.

탁월한 업적을 이룬 데 대해 "재능보다는 남보다 많은 호기심과 노새 같은 끈기 덕"이라고 강조한 그가 일하지 않고 연금이나 받으며 공부만 하고 싶다는 청년에게 보낸 편지는 편하고 쉬운 길을 찾거나 하고 싶은 일만 했으면 좋겠다는 이들에게 일침을 가한다.

우리는 모두 타인의 노력으로 의식주를 해결합니다. 좋아서 하는 일뿐 아니라 타인을 위한 의식적인 노력을 통해 그 은혜를 갚아야 합니다.

사후 60년 후에도 사람들의 마음에서 잊히지 않는 위대한 과학자가 던지는 메시지는 명료하다.

세상은 혼자 살 수 없다. 우리 모두 더불어 살기 위해 자신의 몫을 다하고 주위를 둘러봐야 한다.

천재임에 틀림없다.

먼 곳에서 전하는 세심하고 올곧은 당부

『유배지에서 보낸 편지』
정약용, 박석무 편역, 창비, 2009

양계에도 품위 있는 것과 비천한 것의 차이가 있다. 농서를 잘 읽고 좋은 방법을 골라 시험해 보아라. 색깔을 나누어 길러 보고 앉는 홰를 달리 만들어 다른 집 닭보다 살찌게 하고 알을 잘 낳을 수 있도록 해야 한다. 때로는 닭의 정경을 시로 지어 보면서 짐승들의 실태를 파악해 봐야 하느니, 이야말로 책 읽는 사람만이 할 수 있는 양계다.

2007년에 방영된 TV 드라마 「이산」 속 다산 정약용(1762~1836)은 '체하는' 모든 것을 비트는 유쾌한 천재다. 실제 성정은 알 길 없다. 분명한 건 명민하고 다감하며 꼼꼼한 데다 성실했다는 사실이다. "한자가 생긴 이래 가장 많은 저술을 남긴 대학자"라는 정인보의 평은 그가 얼마나 부지런했는지 보여 주고도 남는다.

세상 모든 명저(名著)는 실패와 고난의 산물이라고 한다. 다산의 방대한 저작 역시 오랜 귀양생활(1801~1818)에서 비롯됐을지 모른다. 『목민심서(牧民心書)』, 『경세유표(經世遺表)』, 『흠흠신서(欽欽新書)』 등 500여 권의 저서에 나타난 그의 학문과 관심의 폭은 인문·행정에서 기술·경영까지 실로 넓다.

수많은 글 중 『유배지에서 보낸 편지』를 꼽는 건 학문적 소양과 함께 인간적 면모가 그대로 드러나기 때문이다. 편지는 '신유교옥'으로 유배된 마흔 살부터 유배에서 풀려난 쉰일곱 살까지 두 아들 학유와 학연, 둘째 형(정약전)과 제자들에게 보낸 것이다. 하도 시시콜콜 이래라 저래라 하는 내용이 많아 뛰어난 아버지를 둔 아들들이 힘들었겠구나 싶은 대목도 있지만, 자식을 걱정하는 간절한 마음은 부모 심정은 다 이런 건가 싶어 읽을 때마다 눈물짓게 만든다.

그는 아들들에게 무엇보다 죄인의 자식이라 해서 기 죽지 말고 열심히 공부하라고 신신당부한다.

누누이 말했듯 폐족이 되어 세련된 교양이 없으면 가증스러운 일이 아니겠느냐. 아무쪼록 분발하여 실낱같이 된 우리 집안의 글하는 전통을 더욱 키우고 번창하게 해 보아라.

그는 또 어디서든 과일과 채소, 약초를 재배하라고 말한다.

생지황, 끼무릇, 도라지, 천궁 같은 것이나 쪽나무 꼭두서니 등에도 마음을 기울여 잘 가꿔 보도록 하여라. 남새밭을 가꾸자면 땅을 반반하게 고르고 이랑을 바르게 하는 일이 중요하며 흙은 가늘게 부수고 깊이 갈아 분가루처럼 부드러워야 한다. 씨는 항상 고르게 뿌려야 하고 모종은 아주 성기게 해야 한다.

난폭하고 거만한 것, 어긋난 것을 멀리하라고 강조하는 한편 "양계도 사대부답게" 하라고 이른다. 둘째 형 약전에겐 제발 실질적이 되라고 부탁한다.

짐승의 고기를 먹지 못한다니요. 섬 안에 산개(山犬)가 수두룩할 텐데요. 하늘이 흑산도를 선생의 탕목읍(식읍지)으로 만들어 줬는데도 스스로 고달픔을 택하다니 시정에 어두운 게 아니겠습니까. 들깨 한 말을 부치니 볶아서 가루를 만드십시오. 채소밭에 파가 있고 방에 식초가 있으면 이제 개를 잡을 차례입니다.

영암군수 이종영에 대한 조언은 지금의 관리들도 기억할 만하다.

상관이 엄한 말로 나를 위협하는 것, 간리가 조작한 비방으로 나를 겁주는 것, 재상이 부탁으로 나를 더럽히는 것은 모두 내가 지금의 봉록과 지위를 보전하고자 한다고 생각하기 때문이다. 빼앗길까 두려워할수록 그 지위를 보전하기 어려울 것이다.

시대를 초월하는 공부의 왕도

『조선명문가 독서교육법』
이상주, 다음생각, 2011

나는 항상 늦게 공부한 걸 한탄한다. 너는 어린 나이에 수준 높은 책을 읽고 있구나. 할아버지에 비해 학식이 많아 다행이다. 그러나 1만 권의 책을 읽는다 해도 그 뜻을 확실히 알고 실천하지 않으면 의미가 없다. 토론에 익숙해도 말과 행동이 일치하지 않으면 앵무새와 다를 바 없다.

영조가 일흔세 살 때 열두 살짜리 손자 이산(정조)에게 이른 말이다. 독서보다 중요한 건 실천이란 얘기다. 언론인이자 종묘대제 및 능제향 전수자인 저자는 조선 명문가의 기준은 '문형(文衡, 대제학)' 배출 여부였다고 말한다. 문형이란 저울로 물건을 달듯 글을 평가하는 자리라는 뜻. 대제학이 나온 명문가마다 책은 어떻게 읽으라는 조언이 있었다는 것이다. 책은 그런 명문가의 독서 지침을 한데 모아 보여 준다.

저서, 문집, 가훈 등에 드러난 독서의 이유는 간단하다. '독서는 나

곁에 두고 싶은 책

의 힘'이라는 게 그것이다. 종3품 사간 및 함양과 한산 수령을 지낸 권양(1688~1758)은 『영가지족당가훈(永嘉知足堂家訓)』에서 이렇게 고백했다.

어린 시절 궁색했다. 행동도 느리고 머리도 뛰어나지 못했다. 사람들의 놀림감이 되었다. 나는 죽음을 각오하고 힘써 공부했다. 천신만고 끝에 과거에 급제했다.

자구(字句)에만 얽매이지 말고 행간을 읽으라는 조언도 있다.

독서는 옛사람의 마음을 구하는 것이다. 반복해 읽어 마음을 깊이 붙여야 한다. 어느 순간 얻는 바가 있으면 알게 된다. 그러니 그 뜻을 언어에만 의지하지 말라.

퇴계 이황과 긴 논쟁을 벌였던 기대승(1527~1572) 역시 글이란 슬쩍 넘어가선 안 된다며 읽고 생각한 후에 글을 지으라고 얘기했다.
독서와 공부는 언제나 힘든 법. 실학자 홍대용(1731~1783)은 열흘만 참으면 습관이 든다고 말했다.

처음엔 누구나 힘들다. 이 괴로움을 겪지 않고 편안함만 찾는다면 재주와 능력을 계발하지 못한다. 마음을 단단히 하고 인내하면 열흘 안에 반드시 좋은 소식이 있다. 힘들고 어려운 것은 점점 사라지고 드넓은 독서 세계에서 즐거움을 느낄 수 있게 된다.

어른이 앞서서 모범을 보여야 한다는 유학자 이경근(1824~1889)의 지적도 있다.

아이들을 공부시키려면 아버지나 형이 먼저 공부해야 한다. 그러고 나서 아이들에게 공부할 것과 금지해야 할 것을 말해야 제대로 이뤄진다.

아들, 손자, 증손자가 모두 문형에 오르고 그 자신도 영의정을 지낸 이경여(1585~1657)는 칼에 새겨 남긴 '백강공수잠장도명(白江公手箴粧刀銘)'에서 시간을 아끼라고 당부했다.

시간은 빨리 가고 청춘은 다시 오지 않는다. 지금 힘써 공부하지 않으면 훗날 후회해도 소용없다.

숙종의 명으로 문집 「미수기언(眉叟記言)」을 간행한 허목(1595~1682)은 모르는 게 있으면 반드시 묻고, 무엇보다 조급해 하지 말라고 강조했다.

독서에서 가장 걱정할 일은 단계와 순서를 뛰어넘어 빨리 이루려는 마음이다. 그래선 진정한 이해에 다다를 수 없다. 앎에 이르기 전에 성실함이 필요하고, 안 뒤엔 더 성실해야 일이 이뤄진다. 요즘 사람은 실천에 앞서 의견부터 내세운다. 게다가 지나치게 과격하고 가볍다.

사람살이, 공부의 왕도는 350년 전이나 지금이나 똑같은 모양이다.

간결함의 추구에서 시작하라

『삶의 정도』
윤석철, 위즈덤하우스, 2011

인간의 일생은 일의 일생이며, 일을 잘해야 물질적 풍요는 물론 정신적
으로도 행복해진다. 그러나 생존경쟁이란 거친 현실이 일의 세계를 슬
프게 만든다. 삶의 정도는 생존경쟁에서 남에게 피해를 주지 않으면서
자기 삶의 길을 떳떳하게 갈 수 있는 것을 의미한다.

책의 효용은 다양하다. 재미 혹은 위안(격려)으로 가득 찬 책이 있
는가 하면, 지식(정보)과 지혜를 주는 책도 있고, 강렬한 메시지로 와
닿는 책도 있다. 세 가지가 다 들어 있는 책은 찾기 힘들다. 『삶의 정
도』는 그런 점에서 볼 때 드문 경우에 속한다. 분명한 메시지는 물론
풍부한 정보와 흥미진진함까지 갖추고 있는 까닭이다.

서울대학교 명예교수이자 한양대학교 석좌교수인 저자 윤석철은
학부에서 독문학과 물리학을 전공한 뒤 전기공학과 경영학 박사 학
위를 취득한 별난 경력의 소유자다. 10년마다 펴내는 저서의 네 번째

산물인 이 책에서 그는 인문학과 과학, 경영학을 두루 섭렵한 사람만이 지닐 수 있는 깊이와 폭, 학문 간 연계와 통섭에서 비롯된 지식과 지혜를 전부 털어놓는다.

노학자가 정리한 '삶의 정도'는 두 가지로 요약된다. 개인이든 조직이든 "복잡함을 떠나 간결함을 추구하라."는 것과 "이익을 가치 위에 두지 말라."는 것이다. 세상이 복잡해지면서 사람과 기업 모두 혼란스러운 나머지 의사 결정 기준을 갖지 못하고 있는데, 복잡한 것은 약하고 단순한 것은 강하니 가능하면 간결함에 초점을 맞추라고 주장한다.

그가 찾아낸 단순한 방법론은 삶을 '수단매체'와 '목적함수'라는 두 가지 개념으로 분석해 이것을 의사 결정의 기준으로 삼는 것이다. 목적함수란 삶의 질을 높이기 위한 방향 설정을 의미하며, 수단매체란 목적함수를 달성하기 위해 필요한 수단적 매개체를 가리킨다. 그는 간결화의 위력에 대한 예로 지난 2010년 발생한 '칠레 산호세 광산 광부 구출 사건'을 꼽았다.

2010년 8월 칠레 정부는 매몰 광부들을 크리스마스에나 구출할 것 같다고 했다. 너무 긴 시간이었다. 칠레 정부는 결국 구출 시간 최소화를 목적함수로 했고, 수단매체로 드릴 공법 아닌 망치 공법을 채택했다. 시간은 두 달 이상 단축됐고 매몰광부는 모두 구출됐다. 코스트 절감 같은 복잡한 문제를 제거함으로써 구조에 성공한 것이다.

곁에 두고 싶은 책

모든 건 '인간의 능력은 유한하다.'에서 출발한다. 가청 진동수만 해도 개는 67~4만5000헤르츠이고 박쥐는 2000~11만 헤르츠이지만 인간은 20~2만 헤르츠에 불과하다. 이런 한계를 극복하기 위한 것이 수단매체다. 수단매체엔 물질도 있지만 지식과 지혜 같은 정신적인 것과 신뢰, 인격, 개방 같은 사회적인 것도 포함된다.

그러나 그는 수단매체가 아무리 좋아도 목적함수 없이는 소용없으므로 먼저 의미 있는 목적함수를 설정하라고 조언한다. 아울러 이익 최대화에만 매달리는 목적함수는 불행을 낳는다며 그 대안으로 가치와 이익이 균형을 이루는 생존 부등식을 내놓는다. 그렇지 못하면 기업은 망하고 개인 역시 인정받지 못하는 처지가 된다는 것이다.

생존 부등식 충족 요건으로 감수성과 상상력, 탐색을 꼽은 그는 목적함수 달성을 위해 때로는 우회축적이란 수단매체를 택하는 것도 괜찮다는 사실과 결합이야말로 신비한 힘을 발휘한다는 점을 거듭 강조한다.

구체적인 사례와 사진, 그림, 도표는 과학적 용어와 학자적 접근 방식이 주는 딱딱함을 덜기에 충분하다.

당신의 마음은 몇 시입니까?

『마음의 시계』

엘렌 랭어, 변용란 옮김, 사이언스북스, 2011

> 인생 후반에 변화를 일으키려면 사회적 합의를 거쳐 고정된 온갖 종류
> 의 선입견과 맞서 싸워야 한다. 장애물이 없다는 건 무능하다는 말이다.
> 모든 건 변하며 지금 겪는 사실 또한 불변이 아니라는 것을 인정할 때
> 가능성은 스스로 모습을 드러낸다.

나이 든 사람에게만 해당하는 말일 리 없다. 여자는 생일 후에, 남
자는 생일 전에 사망하는 수가 많다. 여자는 생일을 준비하며 주변
의 축하를 기대하지만 남자는 그렇지 않은 까닭이다. 연하남과 결혼
하거나 아이를 늦게 낳은 사람, 누군가를 간절히 기다리는 사람은 오
래 산다. 속설이 아니라 하버드 대학교 심리학과 종신교수인 엘렌 랭
어가 연구한 결과다.

그는 마음이 만들어 내는 놀라운 가능성에 주목한다. 『마음의 시
계(Counterclockwise: Mindful Health and the Power of Possibility)』 따르면

몸과 마음은 따로 움직이는 게 아니라 함께 움직인다. 마음이 늙으면 몸도 노쇠해지고 마음의 시계를 되돌리면 신체적 기력도 되살아난다. 노화는 발달의 한 단계일 뿐 쇠퇴나 상실을 뜻하지 않으며 그 과정이나 결과 또한 확정돼 있는 게 아니다.

문제는 나이듦이란 생물학적 사실이 아니라 그것을 대하는 사고, 다시 말해 노화에 대처하는 자세다. 노화는 변화를 뜻하지만 변화가 곧 퇴화를 의미하진 않는다. 나이 든 사람이 스스로 약하고 무능하다고 여기는 건 무엇보다 노인이란 딱지 때문이다. 작은 변화만으로도 노화나 육체의 한계를 극복할 수 있다.

랭어는 이런 사실을 임상 실험을 통해 입증했다. 1970년대 초 요양원 노인들을 두 그룹으로 나눠 화분을 준 다음 한쪽엔 언제 얼마나 물을 줄지 등을 스스로 정하게 하고, 다른 쪽엔 직원이 화분을 돌볼 거라고 말했다. 삼 주가 지나자 첫 번째 집단은 한층 쾌활하고 활기차졌고, 열여덟 달 뒤 생존율은 두 번째 집단의 배가 넘었다.

1979년엔 본격적인 '시계 거꾸로 돌리기 연구'를 실시했다. 칠십대 후반에서 팔십 대 초반의 남성을 모집해 1959년처럼 꾸민 수도원에서 그 시대로 돌아간 듯 살게 만들었다. 아무도 거들어 주지 않는 가운데 참가자들은 미국 최초의 인공위성인 익스플로러 1호 발사, 피델 카스트로의 아바나 진격 같은 1958년 현안을 논의했다.

자기 가방도 제대로 못 들던 이들이 실험 이틀째가 되니 직접 음식을 나르고 뒷정리를 하고, 일주일이 지나자 민첩성과 유연성은 물론 미각과 시력, 기억력, 청력, 악력까지 좋아졌다. 일상용어와 환경을 바꾸는 일만으로도 건강이 증진될 수 있음을 증명한 것이다. 저자의 주장은 간단하다.

젊고 행복하게 살고 싶으면 나이에 대한 고정관념을 깨고, 사회적 통념에 저항하라.

그에 따르면 확신은 잔인한 사고방식이다. 확신에 차 있으면 세상의 불확실성을 보지 못한다. 예일 대학교 심리학자 닐 밀러는 훈련으로 자율신경계도 통제할 수 있음을, 종양학자 피오나 치온은 과다한 운동은 난소암 확률을 높인다는 사실을 확인했다.

저자는 또 자책하기 전에 문제의 근본 원인을 찾아보라고 주문한다. 높은 선반 속 물건을 꺼내려다 떨어뜨리면 자신의 부주의 탓이라고 생각하지만, 실은 선반 높이가 화근이라는 것이다. 필요 이상으로 자신을 책망할 필요는 없다는 조언이다. 기억해 둘 일이다.

행복은 궁금해 하는 자의 몫

『행복은 호기심을 타고 온다』
토드 카시단, 방영호 옮김, 청림출판, 2011

> 그동안 무심코 지나쳐 온 것을 찾아본다. 대화할 때 섣불리 판단하지 않
> 고 뭐든 수용한다는 열린 태도를 견지한다. 산책하며 몸의 움직임과 풍
> 경·소리·냄새 등 모든 것에 흥미를 갖는다. 어떤 것도 추측하거나 가정
> 하지 않는다. 하루 5분에서 점차 시간을 늘린다.
>
> —호기심 훈련법

자살은 더 이상 살아갈 이유를 찾지 못한 결과다. 상실과 상처로 세
상이나 사람에 대한 믿음이 송두리째 깨졌어도 어딘가 마음 둘 곳만
있으면 스스로 목숨을 끊는 일 따윈 하지 않는다. 무엇이 끔찍한 현
실에서 사람을 건져 내는가.

미국 조지메이슨 대학교에서 긍정심리학을 연구해 온 저자의 답은
'호기심'이다. 임상심리학자로서 불안과 우울, 약물 중독에 시달리는
이들을 상담해 온 그는 "행복은 호기심이 만드는 의미 있는 삶에서

비롯된다."고 말한다. 자신을 둘러싼 사물에 대한 작은 호기심이야말로 행복의 시작이란 의미다.

『행복은 호기심을 타고 온다(Curious?: Discover the Missing Ingredient to a Fulling Life』에 따르면 호기심은 지루하고 고단한 일상의 틀을 벗어나게 한다. 미지의 세상을 받아들이면 사물을 바라보는 시각이 변하고 이전에 보지 못하던 것이 눈에 들어온단다. 자신의 업적은 남들이 당연한 것으로 여기고 스쳐 지나간 일상의 자잘한 신비로움에 주목한 덕이라는 아인슈타인의 발언도 저자의 주장에 힘을 보탠다.

호기심은 수명도 늘린다. 예순에서 여든 살까지의 남녀 2000여 명을 5년 간 관찰했더니 궁금한 게 많은 이들의 생존율이 높았다. 지능에도 영향을 미친다. 세 살짜리의 호기심과 지능을 측정한 뒤 열한 살때 다시 쟀더니 호기심이 많던 아이의 IQ가 12점 이상 높았다.

130여 개국 13만여 명을 대상으로 한 갤럽 조사에서 나타난 '기쁨에 영향을 미치는 두 가지 요소'는 '남에게 도움을 구할 수 있는 능력'과 '과거로부터 학습하는 능력'이었다. 좋은 인간관계를 맺고 새로운 것을 찾아 성장할 때 행복해진다는 얘기다.

호기심을 유지하기란 쉽지 않다. 인간의 뇌는 선사시대부터 계속된 진화의 산물인 까닭이다. 사냥 중 동물에게 공격당할까, 무리에서 쫓겨날까 전전긍긍하는 동안 뇌는 최악의 상황, 실패하고 다치고 생명을 잃을 수 있다는 사실을 걱정하는 쪽으로 굳어졌다. 새로운 세계에 대한 접근과 도전이 불안과 두려움을 유발하는 이유다.

실수에 대한 두려움도 호기심을 막는다. 남의 시선을 지나치게 의식하다 의욕을 잃는 사람도 있다. 그러나 실수와 잘못은 사람을 끌어당긴다. 사람들은 실수하는 이에게 더 끌리고 친밀감도 느낀다. 불안 또한 호기심의 적이다. 뭔가 시도하는 사람은 불안하지 않아서가 아니라 불안해도 거기에 사로잡히지 않고 계획을 실천하는 것이다. 무언가를 이룩하려면 호기심이 이끄는 대로 움직이고, 그에 따르는 불안도 받아들여야 한다.

불안감을 없애려 너무 애쓸 것도 없다. 적당한 불안은 활력을 불러일으키고 주의를 집중시킨다. 부정적인 감정도 마찬가지다. 고통과 스트레스를 잘 다뤄야 삶이 풍요로워진다. 고난과 위기는 친절, 관용 같은 대인 관계에서의 미덕을 길러 주는 동시에 자신의 장점을 인식함으로써 자신감을 갖게 하고, 나아가 세상과 소통하는 태도를 지니게 해 준다. 경계 밖을 탐구하지 않으면서 삶의 의미를 확대하기는 어렵다. 자아 확장의 길은 미지의 세계를 탐구하고 지식과 기술의 한계를 넘어서야 열린다.

생명의 동등함을 인정하라

『동물권리선언』

마크 베코프, 윤성호 옮김, 미래의 창, 2011

신선하고 먹고 싶은 음식 얻기, 때때로 여행하기, 탐험이나 정보 교환을 위해 집단을 떠났다 다시 합류하기, 사랑하는 대상과 평생 동안 교류하기, 새끼에게 자신의 문화적 지식 전수하기, 집단 속 자기 역할 개발하고 완수하기, 조직을 위해 뭔가 할 수 있다는 사실 인정받기, 스스로 결정하고 표현할 수 있는 능력 시인받기.

유인원 연구자 수 세비지 럼버가 밝혀낸 보노보(피그미 침팬지)의 기본적인 복지 요건이다. 사람다운 삶의 조건과 다르지 않다. 『동물권리선언(The Animal Manifesto)』은 이처럼 동물도 사람처럼 생각하고 느낀다는 사실을 바탕으로 한다. 사람의 말로 표현하지 못할 뿐 그들에게도 지각 능력과 희노애락, 사랑과 증오의 감정이 있다는 것이다.

실제로 원숭이는 새끼에게 치실 쓰는 법을 가르치고, 까치는 거울이나 물에 비친 자기 모습을 알아본다. 남아메리카 돌고래는 나뭇가지와 잡초를 이용해 이성에게 구애하고, 어미 오리는 새끼를 구하러

곁에 두고 싶은 책

1마일을 달려간다. 코끼리는 자신을 괴롭힌 사람에게 앙심을 품고, 실험실 쥐는 다른 쥐들이 겪는 고통을 보며 괴로워한다.

그런데도 인간은 이들을 무생물인양 함부로 다루고 학대하기 일쑤다. 우유를 짜내기 위해 갓 태어난 송아지를 어미 소와 떼어 놓고 닭과 돼지를 비좁은 우리에 넣어 옴짝달싹 못하도록 만든다. 화학물질이 눈에 미치는 영향을 알아본다는 이유로 눈이 유독 민감한 토끼를 실험 대상으로 삼는다. 중상자 발생 시 초기 대응 방법을 가르친다며 돼지에게 총상을 입히거나 염소의 다리를 가른 다음 치료하기도 한다.

2005년 한 해에만 이런 의약 연구나 독성 테스트 혹은 실험 교육을 위해 179개국에서 5830만 마리의 동물이 목숨을 잃었다. 하지만 미국 식품의약국(FDA)에 따르면 동물 실험을 통과한 100가지 의약품 중 92가지는 사람 대상 임상 실험을 통과하지 못한다고 돼 있다. 동물 실험의 의의나 가치를 의심하게 만드는 대목이다.

잔인하기는 동물원도 마찬가지다. 호랑이를 우리에 가둬 둔 채 조롱하고, 염소를 푼 물에 바다표범을 넣어 눈이 멀게 만들며, 코끼리를 쇠사슬에 묶거나 가족과 떨어뜨려 이 동물원 저 동물원으로 옮긴다. 멸종 위기 동물을 보호하기 위해서라지만 동물원에 사는 아시아 코끼리의 사망률은 야생 코끼리의 사망률보다 높다.

미국 콜로라도 대학교 명예교수이자 생태학 박사인 마크 베코프는 이런 일이 더 이상 계속되지 않도록 우리 모두 노력해야 한다고 말한다. 모든 파괴와 야만은 다른 종의 존엄성을 보지 못하는 데서 비롯되는 만큼, 우리의 자녀들을 더욱 친절하고 온정적인 세상에서 키우고 싶다면 지금부터라도 더불어 사는 세상을 위해 행동하라고 목청을 높인다.

다른 동물보다 더 특별하고 우월하며 가치 있다고 선포하는 순간 우리는 그들의 삶에서 눈을 돌리고 그들의 고통에 마음을 닫는다. 교감은 배려, 단절은 무시로 이어진다. 변화를 이끌어내자면 마음뿐 아니라 행동도 바뀌야 한다. 모든 관점에 귀 기울이라. 인내심을 갖고 끊임없는 노력으로 온정의 발자국을 확장하라.

낮은 곳을 바라보는 조용한 시선

『아무것도 바라지 않는 죽음 앞에서』

복거일, 문학과 지성사, 1996

> 칼 포퍼가 얘기한 것처럼 우리는 언어를 자기표현이 아니라 대화를 위해 쓰려고 애써야 한다. 사회를 이뤄 가는 사람들에게 중요한 것은 자신들의 감정과 뜻을 일방적으로 나타내는 것이 아니라 다른 사람들과 얘기해 이해와 합의를 얻는 것이다.

복거일의 책은 독자에게 두 가지 즐거움을 준다. 하나는 눈치 보느라, 혹은 대세 편에 서느라 어물쩍 넘어가거나 다수 의견을 좇는 대신 분명하게 제 생각을 밝히는 용기를 만나는 기쁨이요, 다른 하나는 다양한 독서와 줄기찬 공부에 근거한 각종 지식을 거저 얻는 기쁨이다. 실제로 그의 책은 어느 것을 펼쳐도 유용한 인용구로 가득 차 있다.

> 로버트 퍼식에 따르면 고전주의자는 세상을 주로 근본적 형태로 파악하고 낭만주의자는 겉모습으로 파악한다. '오토바이를 타는 건 낭만적이지만 오토바이를 고치는 건 고전적'이라는 식이다. 포퍼는 오스트리아

출신 영국 철학자, 퍼식은 미국 작가다.

복거일은 작가이자 경제평론가다. 서울대학교 상과대학을 나와 은행과 기업에 근무하다 그만두고 1987년 장편 『비명(碑銘)을 찾아서』를 발표하면서 문단에 데뷔했다. 소설과 시를 쓰고 작가로 불리길 원하지만 글쟁이로서의 면모는 경제 위주 칼럼에 더 잘 드러난다.

『아무것도 바라지 않는 죽음 앞에서』는 시집을 제외한 그의 저작 중에서 가장 쉽게 읽히는 책이다. 경제나 과학 칼럼은 으레 난해한 대목을 지니게 마련인데 이 책은 예외다. 『소수를 위한 변명』을 쓴 이답게 그의 글은 크고 요란한 목소리와는 거리가 멀다.

1990년대의 지식의 양은 마셜이 『경제학 원론』을 쓴 1880년대보다 무려 2048배 많아졌다. 그냥 많아진 게 아니고 전보다 덜 틀리고 덜 부정확하게 되었다. 이런 판에 세상을 간단하게 바라보고 상식적 처방들을 즉흥적으로 내놓는 건 오만하고 위험한 일이다. 복잡한 세상은 복잡하게 바라봐야 한다. 어떤 주제에 대해 짧은 진술을 자명한 진실인 것처럼 내놓고 처방을 내는 글을 만나면 우리는 경계하는 마음으로 읽어야 할 것이다.

종교인과 돈에 대한 생각도 남다르다.

오랫동안 수도한 종교지도자들은 청빈의 전범으로 칭송되지만 그들이 그렇게 수도하는 동안 세속의 범인들이 늘 걱정하는 의식주의 문제는 어떻게 해결했을까 하는 소박한 물음은 좀처럼 제기되지 않는다. 그들이 집세와 과외비를 마련하려고 동분서주하고, 한창 일할 나이에 밀려날지 모른다는 생각에 늘 조마조마한 사람들에게 물욕을 버리라고 충고하는 모습은 좋게 보려 해도 마음에 생선가시처럼 걸린다.

사회와 문명은 욕망을, 그것이 성욕이든 물욕이든 공명심이든 버리라는 얘기를 하거나 따른 사람들에 의해 유지되고 발전해 온 것이 아니다. 자식들은 자신보다 좀 낫게 살기를 바라면서 땀 흘려 돈을 번 사람들에 의해 유지되고 발전해 온 것이다.

노상 소수의 편에 서면서도 긍정적 시선을 잃지 않는 작가. 그의 소박한 새해 소망은 삶의 길을 잃은 이들에게 주는 하나의 좌표다.

새해 아침에 잠이 깨면 나는 조심스러운 낙관으로 한 해를 시작하고 싶다. 우리 사회나 인류 문명이 갑자기 재앙을 만날지도 모른다는 사실에 지나치게 마음을 쓰지 않으며, 익숙한 땅에 안전하게 머물려 하지 않으며, 그렇다고 나나 우리 사회가 한 해 동안에 아주 많은 것들을 이루리라고 기대하지 않으며, 더듬이를 부지런히 움직이면서 조심스럽게 미지의 땅으로 탐험의 걸음을 내딛는 한 마리 곤충처럼.

비극이 꺾지 못한 한 여인의 선택

『선택』

권인숙, 웅진지식하우스, 2002

어떤 이가 성형 수술을 선택하게 되는 데는 여러 차원에서 축적된 욕구와 갈망과 결핍이 합쳐져 있을 것이다. 선천적인 조건을 타고나지 못한 사람이 돈이라도 모아 극복하는 게 나에겐 더 현실적이고 인간적으로 느껴진다.

가슴 아픈 일은 피하려 드는 경향이 있다. 사실을 마주했을 때 겪을 감정의 혼란을 감당하기 힘든 탓이다. 권인숙의 『선택』도 펴 들기까지 시간이 걸렸다. 책은 단숨에 읽었다. 시종일관 가슴이 먹먹했지만, 책을 덮는 순간 얻은 건 놀랍게도 희망과 용기였다.

권인숙은 서울대학교 학생이던 1986년 위장 취업 혐의로 경기도 부천경찰서에서 조사를 받던 중 당한 성적 모욕과 폭행을 고발해 공권력의 횡포와 인권 탄압 실상을 폭로한 역사적 인물이다. 그러나 민주화에 앞장섰던 그는 한때의 경력을 코끝에 걸고 정치판에 나서는 이들과 달리 학문을 선택, 미국에서 여성학 박사 학위를 받은 뒤 현재 대학 교수로 일하고 있다.

『선택』은 미국 생활을 끝낼 즈음인 2002년에 펴낸 그의 첫 책이다. '어떤 사건의 주인공으로 살아내야 했던 시절, 그 부끄러운 이야기', '가장 절실한 선택, 여성학', '나를 키운 사람들', '내가 만난 사람들', '내가 좋아하는 것', '세상 이야기' 등으로 나눈 책에서 그는 그동안 살아온 이야기와 개인적 취향, 시대와 사회에 대한 생각까지 홀홀 털어놓는다.

이십 대 초반에 그토록 힘든 일을 겪은 것도 모자라 부모의 말을 거스르고 사랑해서 선택한 사람으로부터 배신당하다니. 그 과정 또한 어이없고 참담하다. 사소한 일에 트집 잡고 자신의 잘못을 상대의 성격과 태도 탓으로 돌리는 세상과 사람 모두에 등 돌리고 싶었겠다 싶은데, 정작 그는 자신은 물론 주위에 대해서도 따뜻하고 긍정적인 시선을 잃지 않았다.

사람이 꽃보다 아름다운 건 이래서이리라. 부모에 대한 고맙고 미안한 마음과 딸에 대한 책임감 때문에 미친 듯 공부해 박사 학위를 받은 후의 고백은 읽는 이의 가슴을 뻐근하게 한다.

내가 나의 소리에 귀 기울이고 존중하고 그것의 해결을 위해 노력했다. 나의 삶에 대한 예의를 찾은 느낌이고 내가 나를 믿어도 좋을 이유가 생겼다.

제대로 일어서 보지도 못한 채 세상을 떠난 조카를 키우면서도 늘 밝았다는 언니와 자신을 믿고 지지해 준 친구 얘기는 그가 모진 세월 속에서 어떻게 사람에 대한 믿음을 잃지 않았는지 알게 해 준다. 자기 사건에 앞장섰던 조영래 변호사와 박사과정 지도 교수 신시아 인로에 대한 존경과 사랑은 부럽기까지 하다. 그렇게 좋은, 인생의 스승을 만날 수 있었다니.

그의 글에서는 가식뿐만 아니라 호된 일을 겪은 이들에게서 보이는 피해 의식과 공격성을 찾아볼 수 없다. 자연 미인에 대한 칭송을 납득할 수 없다는 내용도 그렇고 우리 사회의 남성 문제를 말할 때도 마찬가지다.

대부분의 남자는 어머니의 완벽한 떠받듦 속에서 왕자로 자란다. …… 가정이란 영역에선 여자 위의 지위가 보장된다. 현실의 너저분하고 자질구레한 일상을 책임지지 않아도 된다. 많은 경우 돌봄을 받아야 하는 존재, 그래서 결국은 성인으로서 책임져야 할 그 자질구레함과 낮아짐, 평범함을 별로 경험하지 않는 존재가 아닌가.

"드라마와 영화 모두 좋아하지만, 너무 남성적이고 도식적인 서부 영화, 관객을 너무 고려하지 않는 영화, 너무 예술적이려고 노력하지 않은 영화는 빼고."라는 얘기 또한 매사에 솔직하고 당당한, 부럽고 존경스러운 저자와 책에 대한 신뢰를 더하게 만든다.

인생 2부를 시작하는 이들에게

『오십후애사전』
이나미, 추수밭, 2011

억울해도 아래위로 부딪치지 말라, 자존심만 상한다. 세상과 원만하게 살아갈 수 있는 품격을 배워라. 몸에 집착하는 건 마음이 아프다는 증거다. 젊어지기 위해 너무 애쓰면 더 빨리 늙는다. 약하고 상처받는 존재임을 알려라. 화려했던 과거는 잊어라. 자식에 대한 투자를 중단하라. 마음 가는 대로 살아라.

이대로 살 순 없고 다시 시작하기엔 늦었다 싶은 나이, 정정하지만 생활능력 없는 부모와 나이는 들었으되 독립하지 못한 자식 사이에 낀 채 허덕이는 나이. 옛날처럼 인생을 마무리하는 시기가 아니라 새롭게 시작해야 하는 시기인데도 실제로는 심리적·신체적 변화를 따라가지 못해 버둥거리는 나이.

『오십후애사전(五十後愛事典)』은 이처럼 안타깝고 서글픈 나이 '오십'에 접어든 이들을 위한 위로와 용기의 메시지 묶음이다. 부제는 '인생 후반전, 다시 시작하는 사람들을 위한 심리에세이'. 『때론 나도

미치고 싶다』의 저자로 유명한 정신과 의사 이나미 박사가 '긴 세대이자 쉰 세대'인 오십 대에게 주는 조언은 생생하고 구체적이다.

　의학과 심리학을 함께 공부한 전문의답게, 조언에 덧붙여 왜 그래야 하는지, 그 이유에 대한 과학적 근거도 빠뜨리지 않는다. 쉰 살쯤되면 뇌에서 수용 가능한 정보의 양에 한계가 생긴다. 마이크를 잡았다 하면 놓지 않거나 이름이 혀끝에 맴돌면서 기억나지 않는 증상은 생각이 중심을 잃고 곁가지에서 맴도는 '와그라 증후군' 탓이란 설명이다.

　뇌만 마음 같지 않은 게 아니라 심장병·당뇨·고지혈증 등 갖가지 신체적 질병도 찾아오는 만큼 몸을 혹사하지 말고 거꾸로 건강염려증으로 전전긍긍하지도 말라고 말한다. 건강염려증은 부모와 자신을 동일시하거나 사랑받지 못한다는 느낌에서 비롯되는데, 부모와 자식은 비슷한 듯해도 다르고 사랑은 강요할 수 있는 게 아니니 괜한 걱정이요 불필요한 조바심이란 조언이다.

　무엇보다 젊어 보이려고 아등바등하는 건 금물이라고 이른다. 성장호르몬은 혈압을 높인다는 보고가 있을뿐더러 성형수술 및 지나친 다이어트와 과도한 운동 또한 내분비계 활동을 엉망으로 만들 수 있다는 것이다. 서울대학교 의과대학 예방의학교실 유근영·강대희·박수경 교수 팀이 한국인 2만 명을 포함한 아시아인 114만 명을 대상으로 조사한 결과 체질량지수(BMI)가 22.6~27.5일 때 사망 확률이 가장 낮다는 사실도 함께 소개한다.

저자는, 오십이 되면 원망과 분노, 질투, 수치심, 불안, 슬픔도 늘어나지만 아파한다는 건 살아 있다는 증거인만큼 겁내거나 감추지 말고 감정을 자연스레 표현하는 법을 배우라고 권한다. 수많은 상담을 바탕으로 펴낸 『오십후애사전』이 전하고자 하는 핵심은 간단하다. '왕년에'를 버리고 새 인생을 시작하라는 것이다. 친절하게 실천 방법까지 알려 준다.

혼자 밥을 먹어 보라. 과거가 아닌 현재가 미래를 만든다. 화려한 노후, 우아한 중년은 없다. 남의 평가와 인정에 무심해져라. 신경 써야 하는 모임엔 나가지 말라. 자식에 대한 무한 투자를 끝내라. 좋은 학벌은 절대 부모에 대한 책임감을 가르쳐 주지 않는다. 계산하지 말고, 겸손한 자세로 자신을 응시하라.

인간을
비추는 가장
정직한 거울

**문
학**

"좋은 책이란, 읽는 사람으로 하여금
자기만의 왕국을 느끼게 해 주는 책."

– 발데마르 본젤스

인간이라서, 인간이기에

『그해 겨울은 따뜻했네』
박완서, 세계사, 2012 (초판 민음사, 1983)

사람이란 특히 나처럼 보잘것없는 인간이란 자기 자신을 알고 싶지 않을 적도, 자신으로부터 놓여나고 싶을 적도 있는 법이에요. 언니는 처음부터 나의 이런 몸부림에 찬물을 끼얹고 헛수고 작작 하라고 비웃는 차디차고 거만한 얼굴을 가지고 있었어요.

인간은 불가사의한 존재다. 아리엘 도르프만의 희곡『죽음과 소녀(Death and the Maiden)』를 영화화한 로만 폴란스키 감독의「진실(Death and the Maiden)」에서 드러나듯 인간은 상황에 따라 누구도 짐작할 수 없는 상반된 모습을 보인다. 여대생에게 슈베르트의 음악을 틀어 놓고 성고문을 가하는 인간이 가정과 이웃에겐 더없이 부드럽고 친절하게 군다.

박완서(1931~2011)는 언어의 연금술사이자 인간 심리 묘사의 달인이다. 마흔 살 주부에서 작가로 변신한 그의 소설과 에세이는 어느 것이나 세상살이와 사람 심리에 대한 통찰로 가득하다. 부모 자식, 부부, 형제자매, 친구 사이에 벌어지는 갈등과 복잡 미묘한 줄다리기, 시시각각 변하는 마음의 움직임에 대한 천착과 묘사는 그야말로 타의 추종을 불허한다.

『그해 겨울은 따뜻했네』는 6·25전쟁 중 헤어진 자매의 이야기를 통해 설명도 해석도 불가능한 복합적인 인간의 속성을 다룬다. 일곱 살짜리 언니 수지가 전쟁 중 동생 오목(수인)이의 손을 일부러 놓아버린 뒤 몇 번이나 찾을 기회가 있었는데도 끝내 외면하다 동생이 숨을 거두고 나서야 언니임을 고백하는 모습은 인간의 욕심과 이기심의 끝은 어디인가를 되묻게 한다.

고아가 된 뒤에도 밝고 씩씩하게 자신의 삶을 개척하던 오목이 친언니 수지의 훼방으로 사랑하던 사람을 잃고, 그의 아이를 밴 채 고아원에서 함께 자란 남자와 결혼한 뒤 가난과 구박 속에 스러져가는 과정은 처절하다 못해 끔찍하다. 운명의 가혹함에 온몸엔 소름이 돋고.

조건을 따져 결혼한 뒤 메워지지 않는 외로움을 담아낸 수지의 독백, 오목의 큰아들 얼굴에서 옛 연인의 흔적을 찾으려 드는 수지 앞에서 "딴 생각 말라, 저 아이는 남편의 아이다."라고 강조하는 오목의 외침은 사랑이란 과연 무엇인가를 생각하게끔 만들기에 충분하다.

남편과의 사이가 지금보다 훨씬 부드럽고 달콤했을 적에도 그녀가 정말로 위로받고 싶을 때 위로받지 못하긴 마찬가지였다. 그녀는 위로받을 수 없다는 데 이골이 난 나머지 위로받을 필요가 없을 만큼 기가 센 여자로 스스로를 다스렸을 뿐 위로받고 싶은 자신의 마음이 가짜일지도 모른다는 생각은 아예 하려 들지도 않았다.

우리 그이는 저 아이를 얻기 위해 꼬박 십 년 동안이나 마음속에 넣고 힘겹게 부대꼈어요. 내가 막내를 낳았을 때 그이도 마침내 저 아이를 낳았어요. 내가 낳은 아기는 거들떠도 안 보고 그이는 저 아이를 부둥켜안고 네가 우리 집 맏상주다, 그리고 맏형이다 그러면서 울다가 웃다가 하더군요. 저 아이는 그이 아들이에요.

소설은 숨을 거둔 오목 곁에서 언니임을 고백하고 오목의 자식들을 돌보겠다고 다짐하는 것으로 끝난다. 수지가 자신과 오목의 남편에게 그 아이들이 조카라고 털어놓을지, 그저 불쌍한 애들이니 살펴줘야겠다고 둘러댈지는 알 길 없다. 인간이란 이렇게 독한 듯 약하고 징그러운 듯 가여운 존재지만 그렇다고 외면하거나 포기할 수 없는 그 무엇이다. 박완서 문학은 바로 이 대목을 에두르거나 포장하지 않고 사실 그대로 그려 낸다. 놀라운 힘이다.

비상을 꿈꾸는 자여

『갈매기의 꿈』

리처드 바크, 류시화 옮김, 현문미디어, 2012

네 스승은 너 자신이다. 자유를 찾으려면 껍질을 깨야 한다. 선택된 자 뿐만 아니라 모두가 위대해질 수 있다.

기적은 불가능에 대드는 용기와 무서운 훈련의 합이요, 자유는 그 어디에도 구속받지 않고 당당할 수 있는 능력과 동의어다. 『갈매기의 꿈(Jonathan Livingston Seagull)』은 이런 진리를 '조나단 리빙스턴 시걸'이란 갈매기의 무한 도전과 성공, 헌신을 통해 전하는 우화소설이자 판타지다.

조나단 시걸은 지루함과 두려움, 분노가 갈매기의 삶을 그토록 짧게 만드는 원인임을 깨달았다.

갈매기뿐이랴. 권태와 공포, 분노는 모든 살아 있는 것들의 삶을 단축시키고 황폐하게 한다. 우리의 삶을 이끌고 발전시키는 건 지금의 나보다 나은 존재가 되겠다는 갈망과 그 가능성에 대한 확고한 믿음, 그리고 자신과 이웃에 대한 사랑이다.

리처드 바크(1936~)는 『어린 왕자(Le Petit Prince)』를 쓴 생텍쥐페리처럼 조종사 출신 작가다. 새의 비상 과정을 놀랍도록 구체적으로 묘사한 작품이 그냥 나온 게 아니란 얘기다. 이야기는 조나단이 다른 갈매기들과 달리 먹지도 않고 비행 기술 익히기에 몰두하는 것으로 시작된다. 잠시도 쉬지 않고 연습하지만 갈매기인 그가 하루아침에 매처럼 날 수는 없는 법. 수없이 고꾸라지고 처박힌다.

안 되겠다 싶어 포기하고 평범하게 살기로 다짐하고 돌아오던 순간 그는 마침내 바람과 속도의 저항을 이길 수 있는 법을 터득한다. 기쁨에 들뜬 것도 잠시, 무리로부터 무책임하고 무모한 짓을 해 갈매기 족의 존엄성과 전통을 파괴했다는 죄로 추방당한다. 그러나 그는 혼자가 된 뒤 외로움에 떨기보다 무한에 가까운 훈련으로 더 많은 기술을 익혀 바다 속 물고기도 잡게 된다. 고기잡이 배에서 던져 주는 상한 빵 부스러기에 연연하지 않게 된 것이다.

혼자만 잘 먹고 잘 살면 뭐 할 것인가. 행복이란 함께 누려야 진짜인 것을. 천상의 세계로 간 그는 순간 이동 능력까지 얻지만 동족을 잊지 못한다. 주위의 만류를 무릅쓰고 지상으로 돌아온 그는 자신처럼 추방된 '플레처'를 만난다. 분한 마음에 무법자가 되겠다는 플레처에게 그는 말한다. "용서하라. 그들도 언젠간 네가 보는 걸 보게 될 것이다." 툭하면 곤두박질치자 '못 하겠다.'며 울부짖는 플레처에게 그는 다시 이른다. "더 부드러워야 한다."

플레처와 같은 제자가 늘자 조나단은 마침내 고향으로 돌아온다. 이들의 비행 솜씨를 본 갈매기들은 깜짝 놀란다. "어떻게 저럴 수 있지?" 수군거리는 젊은 갈매기들에게 우두머리는 신경 끄지 않으면 혼날 줄 알라고 경고한다. 조나단은 그런 반응에 무심한 척 제자들을 가르치는 데 몰두한다.

보여 줘라. 드러내지 않은 건 없는 것이다.

어느 날 시범을 보이던 플레처가 사고로 절벽에 부딪혀 떨어진다. 슬프고 부끄러워 어쩔 줄 모르는 그에게 이런 소리가 들린다.

플레처, 중요한 건 우리가 자신의 한계를 극복하기 위해 노력하고 있다는 거야. 바위를 뚫고 나는 건 아직 안 배웠잖아.

죽은 줄 알았던 플레처가 살아나자 놀란 갈매기들은 '악마'라며 조나단과 플레처에게 달려든다. "어떻게 저들을 사랑할 수 있느냐?"고 묻는 플레처에게 조나단은 답한다.

증오와 폭력을 이해하긴 어렵겠지만 모든 갈매기들 속에 있는 선함을 찾고 그들이 그것을 발견할 수 있도록 도와야 한다.

슈퍼맨과 배트맨, 스파이더맨 같은 영화 속 영웅도 아쉬울 때만 찾고 돌아서선 딴소리를 하는 사람들 때문에 상처받고 괴로워한다. 하물며 보통 사람임에야. 하지만 이런 말도 있다. "남을 도울 능력이 있을 때 돕는 건 선택이 아니라 필수다." 함께 가야 멀리 간다지 않는가.

영원히 끝나지 않는 모험

『톰 소여의 모험』
마크 트웨인, 김욱동 옮김, 민음사, 2009

격식에 얽매이지 말라.

모험심을 잃지 말라.

일탈을 꿈꾸되 너무 멀리 가진 말라.

불의를 외면하지 말라.

기존 질서에 저항하되 적당히 타협할 줄도 알라.

가족과 이웃을 사랑하라.

마크 트웨인(1835~1910)의『톰 소여의 모험(The Adventures of Tom Sawyer)』에 담긴 인생 지침 여섯 가지다. 19세기에 발표된 이 성장소설은 삶의 길을 이처럼 간결하게 제시한다. 마크 트웨인의 본명은 사무엘 랭혼 클레멘스. 미국 남부에서 가난한 개척민의 아들로 태어나 열두 살 때 아버지를 잃고, 식자공과 수로안내원 등 온갖 직업을 전전했다. 당연히 가방끈도 짧다. 필명 마크 트웨인도 배가 안전 구역에 들어왔음을 알리는 용어에서 따온 것이다.

『왕자와 거지(The Prince and the Pauper)』,『허클베리 핀의 모험(Adventures of Huckleberry Finn)』등 십 대 소년소녀를 주인공으로 한 그의 작품은 교회와 학교 등 허례허식으로 가득 찬 세상을 고발하지만 칙칙하거나 부정적이지 않다. 오히려 온갖 고난과 역경 속에서도 밝고 씩씩하고 건강하게 살아가는 이들의 모습을 통해 믿음과 희망의 소중함을 제시한다.

『톰 소여의 모험』역시 마찬가지다. 배경은 19세기 미국 미주리 주의 작은 마을 세인트 피터즈버그. 톰은 부모 없이 폴리 이모네 집에 얹혀사는 신세다. 모범생인 사촌 시드와 달리 천방지축이다. 밤마다 몰래 나가 고아인 허클베리 핀과 노느라 학교에선 꾸벅꾸벅 졸기 일쑤다. 겉으론 쾌활하기 그지없지만 눈치밥을 먹으며 자라서일까. 일찌감치 세상 사는 지혜를 터득한다.

사고를 치고도 "욕은 아무리 먹어도 아프지 않잖아. 이모를 울게 만들지만 않으면 돼." 하고 말하는 식이다. 하기 싫은 울타리 페인트칠을 친구들에게 시키고 그 대가까지 잔뜩 얻어 내는 대목은 재화의 가치가 어떻게 매겨지고 일과 놀이가 무엇을 기준으로 구분되는지 일러 준다.

아이나 어른이나 어떤 물건을 부러워하게 만들려면 쉽게 얻을 수 없도록 하면 된다.

폴리 이모에 대한 묘사는 예나 지금이나 똑같은 중년 여성의 속성을 고스란히 전한다.

호흡법, 취침법, 기상법, 식생활법, 음료수 선택법, 운동법, 정신수련법 등에 관한 모든 헛소리들이 이모에겐 복음과 다름없었다. 이번 달 건강 잡지들이 권하는 방법이 지난달에 추천했던 것과 완전히 반대라는 사실 따윈 조금도 알아채지 못했다.

이모에게 혼난 뒤 해적이 되겠다며 가출하는 톰이지만 불의는 참지 못한다. 공동묘지에서 살인 사건을 목격한 이후 진범이 잡히지 않자 두려움에 입을 다물기로 하지만, 불쌍하게 누명을 쓴 주정뱅이 머프 포터를 위해 증언대에 서기로 결심하는 것만 봐도 바로 그렇다.

포터가 고마워할 때마다 톰은 진실을 말하길 잘했다는 생각이 들었다. 그러나 밤만 되면 입을 다물고 있을 걸 하는 후회가 물밀듯 밀려왔다. 하루 중 반은 인디언 조가 잡히지 않는 게 무서웠고, 나머지 반은 그가 잡혀 올까 봐 무서웠다.

휘장에 반해 학생단에 가입했다 탈퇴한 톰의 심정은, 막고 규제하는 것의 한계를 전해 준다.

톰은 다시 자유로운 소년이 되었다. 마음이 내키면 술을 마시고 욕도 할 수 있었다. 하지만 놀랍게도 그러고 싶지 않았다. 해도 된다는 단순한 사실이 그 욕망을 사라지게 만들고 그 일의 매력을 없앤 것이다.

마크 트웨인의 소설은, 문학이란 가방끈이나 간판이 아니라 경험과 사람, 세상에 대한 애정과 이해에서 비롯된다는 사실을 전한다. 『톰 소여의 모험』이 동화나 성장소설에 머물지 않고 세상살이에 지쳐 외롭고 아픈 사람들을 위한 힐링 소설로 읽히는 이유다.

탐욕에 눈 먼 인간의 비극

『리어 왕』

셰익스피어, 이미영 옮김, 을유문화사, 2008

> 지닌 걸 다 보여 주지 말고, 아는 것보다 덜 말하고, 가진 것보다 덜 빌려
> 주고, 아는 것보다 더 배우고, 가진 걸 내기에 다 걸지 말고, 술과 여자를
> 멀리하고, 집 안에 얌전히 있으면, 그러면 부자가 되는 거야.
>
> 이득을 바라고 널 섬기거나 허식으로만 따르는 사람은 비가 오기 시작
> 하면 폭풍우 속에 널 혼자 남겨 두고 짐을 쌀 거야.
>
> ―「광대가 리어 왕에게」

셰익스피어(1564~1616)의 작품은 어느 것이든 시공간을 초월하는
잠언으로 가득하다. 『리어 왕(king Lear)』은 특히 더 그렇다. 글은 400
여 년이 지난 지금도 읽는 이의 가슴을 서늘하게 만든다. 두 딸에게
쫓겨난 뒤에야 막내딸의 진심은 물론 춥고 배고픈 백성의 삶을 생각
하는 리어 왕의 독백, 그리고 그런 왕에게 광대가 하는 말 또한 한마
디도 그냥 지나치기 어렵다.

어디 그뿐이랴. 부모 자식이 갈등을 빚으면 어떤 일까지 벌어질 수 있는지, 권력과 돈을 둘러싼 싸움이 얼마나 추악한지, 형제자매 간 알력이 부모를 어떤 지경으로 몰아넣는지 등을 속속들이 파헤친다. "신과 같은 눈을 가진 작가가 있다면 바로 셰익스피어일 것"이라거나 "셰익스피어는 한 시대가 아닌 영원에 속하는 작가"라는 찬사는 바로 이런 점에서 비롯했을 터이다.

『리어 왕』은 크게 두 축으로 이뤄져 있다. 하나는 막내딸 코딜리아의 진심을 외면하고 고너릴과 리건 두 딸에게 전 재산과 왕권을 나눠주고 물러난 리어 왕이 두 딸에게 처절하게 내몰리는 과정이요, 다른 하나는 재산을 노린 서자 에드먼드에게 속아 적자이자 큰아들을 내쫓은 글로스터 백작이 두 눈을 잃어버리고 파멸하는 과정이다.

뒷방 신세가 된 아버지에 대한 큰딸 고너릴의 대사나 에드먼드가 이복형 에드거를 모함하기 위해 쓴 편지는 노소(老小)의 문제란 동서고금 모두 다르지 않다는 걸 새삼 일깨운다.

어리석은 노인네 같으리라고. 이미 줘 버린 권위를 여전히 휘두르려 하다니. 내 단언하건대 늙은 바보들은 다시 아기가 되는 거야. 망령이 났을 땐 비위도 맞춰야 하지만 야단도 쳐야 해.

노인을 공경하도록 강요하는 건 한창 때인 우리한텐 너무 가혹한 거야. 우리가 너무 늙어 재산이 있어도 즐기지 못할 나이가 돼서야 유산을 물려받으니 말이다. 난 늙은 폭군의 압제가 쓸모없고 어리석은 속박이라고 느끼기 시작했어. 그 노인네는 힘이 있어서가 아니라 우리가 받아 주니까 권력을 휘두르고 있는 거야.

리어 왕이 두 딸에게 퍼붓는 악담은 자식으로 인해 멍들고 상처받은 부모의 심정을 대변한다. 하늘을 향해 "자식을 낳지 못하게 해 주거나 아니면 못된 자식을 낳아 이마엔 주름, 뺨엔 눈물로 인한 고랑이 생기게 해 달라."며 내리는 저주도 그러하다.

리어 왕과 코딜리아, 글로스터 모두 죽음을 맞는 이 작품은 분명 비극이다. 그러나 탐욕에 눈먼 고너릴과 리건, 에드먼드 또한 비참한 최후를 맞는 것이나 리어 왕이 끔찍한 고통을 겪고 나서 자신은 물론 세상에 대해 눈뜨는 대목은 그처럼 어두운 내용을 상쇄하고도 남는다.

가난하고 헐벗은 자들아. 집 없는 머리와 굶주린 배, 너덜너덜한 옷으로 어찌 이렇게 무자비한 폭풍우를 견딜 수 있겠느냐. 나는 이런 일을 너무 등한히 했구나.

또 하나, 자신의 마음만 믿고 아버지의 마음을 헤아리지 않은 코딜리아의 비극과 위험한 상황을 피해 몸을 낮췄던 에드거의 승리는 이 작품을 21세기 삶의 교본으로 여기기에 부족하지 않게 만든다. "머리 넣을 집이 있는 사람이 머리가 좋은 거야."라는 광대의 말도 마찬가지다.

인간에 관한 성찰과 믿음

『페스트』

알베르 카뮈, 김화영 옮김, 민음사, 2011

보건대를 실제 이상으로 중시할 생각은 없다. 훌륭한 행동을 칭송하다 보면 자칫 악의 힘에 찬사를 바치는 꼴이 될 수 있다. 훌륭한 행위는 드물고 악과 무관심이 세상의 원동력인·수가 더 많다는 말이 되기 때문이다. 악은 무지에서 오는 것이고, 선의도 악의처럼 피해를 입힐 수 있다.

1940년대, 프랑스 식민지 알제리의 해안 도시 오랑. 갑자기 죽은 쥐들이 쏟아진다. 사망자가 속출하는데도 시장과 공무원들은 이렇다 할 대책을 내놓지 못하고 우물쭈물한다. 그사이 질병은 확산되고 급기야 페스트라는 선포와 함께 도시는 봉쇄된다.

알베르 카뮈(1913~1960)가 쓴 『페스트(La Peste)』는 이처럼 폐쇄된 공간에서 열 달 동안 일어난 일을 다룬다. 의사 리유가 서술하는 방식의 이 작품은 페스트가 닥친 순간부터 물러갈 때까지의 사건과 끔찍한 재앙에 맞선 사람들의 모습을 객관적인 시선으로 담담하게 전달한다.

4월 28일, 통신이 죽은 쥐 8000마리를 수거했다고 발표하자 도시의 불안은 절정에 달했다. 쥐들의 사건을 가지고 그렇게 떠들어 대던 신문이 이젠 아무 소리도 없었다. 쥐들은 눈에 띄는 거리에 나와 죽었지만 사람들은 방 안에서 죽기 때문이었다.

오도 가도 못한 채 시시각각 다가오는 죽음의 공포에 시달리는 사람들의 막막한 심정과 무력한 태도를 그린 대목은 마흔넷의 나이에 노벨 문학상을 받은 작가의 관찰력과 감수성을 고스란히 드러낸다.

사람들은 메마른 추억에 매달려 산다기보다 둥둥 떠다니고 있었다. 까닭 없이 괴로워하거나 희망을 품었다. 차량 운행은 끊기고 사치품 가게는 문을 닫았지만 극장과 카페는 만원이었다.

그러나 작가는 죽음을 무릅쓰고 페스트에 맞서는 이들을 통해 인간에 대한 강한 믿음을 드러낸다. 보건대 구성을 처음 제의한 타루는 판사였던 아버지의 사형 선고 장면을 본 뒤 인간이 인간을 단죄할 수 있다는 사실에 절망했던 인물이다. 말단 공무원 그랑은 마음속 생각을 자유롭게 표현할 수 있기만을 바라던 소시민이다. 기자인 랑베르는 관념을 앞세운 단체 행동에 강한 거부감을 지닌 채 도시에서 빠져나갈 날만 기다리던 이방인이었다. 이런 이들이 페스트로 죽어 가는 사람을 돕기 위해 뭉친다.

곁에 두고 싶은 책

사람들의 눈을 뜨게 한다는 점에서 페스트에도 유익한 면이 있다고 여기는 건 아니냐는 타루에게 리유는 말한다. "세상 모든 병이 다 그렇지만 그것 때문에 페스트를 용인한다는 건 미쳤거나 비겁한 사람의 태도입니다." 생명을 잃을지도 모르는데 무엇 때문에 발 벗고 나서느냐는 리유의 물음에 타루는 답한다. "이해하자는 거지요."

또 영웅주의는 딱 질색이라는 랑베르에게 리유는 얘기한다. "이 일은 영웅주의와 관계없어요. 그저 성실성의 문제지요. 페스트와 싸우는 방법은 성실성뿐이니까요." 성실성이 뭐냐는 질문에 대한 답 또한 간단하다. "맡은 직분을 완수하는 겁니다." 랑베르는 마침내 탈출할 수 있게 됐을 때 남겠다고 말하여 덧붙인다. "혼자만 행복하다는 건 부끄러운 일 같아서요."

책의 맨 앞에 쓴 인용 부분은 페스트가 사그라들고 고립됐던 도시가 열리는 것으로 끝나는 책 말미에 나오는 의사 리유의 고백이다. 미국의 하버드 대학교 학생들이 가장 많이 산 책이요, 《옵저버》가 '역사상 가장 훌륭한 책'으로 선정한 이유가 무엇인지 알려 주는 대목이 아닐 수 없다.

'미'를 향한 어리석은 집착

『도리언 그레이의 초상』

오스카 와일드, 이선주 옮김, 황금가지, 2008

운명의 여신은 인간과 거래하면서 결코 장부를 덮지 않는다.

"예술은 정치나 도덕 등 예술 외적인 것이 아닌 예술 자체를 위해 존재한다." 19세기 말 탐미주의는 이런 강령에서 비롯된다. 오스카 와일드(1854~1900)는 탐미주의의 대표 작가다. 아일랜드 더블린에서 태어난 후 탁월한 재기(才氣)로 눈부시게 성공하지만 동성애 문제로 치욕과 수모의 삶을 살다 쓸쓸히 세상을 떠났다.

『도리언 그레이의 초상(The Picture of Dorian Gray)』은 그의 유일한 장편소설이다. 잡지에 연재되고 나서 부도덕하고 현실적이지 않다는 평에 시달렸지만 그는 터무니없는 평가라며 조목조목 반박한다. "도덕적이거나 부도덕한 작품은 없다. 작품은 잘 쓰였거나 못 쓰였을 뿐"이며, "예술가가 하는 일은 현실에 없는 것, 있어도 보지 못하는 것을 보여 주는 것"이라고 말이다.

책은 환상과 추리가 뒤섞인 기묘한 분위기와 섬세한 묘사로 가득
찬 가운데 세상사의 본질을 꿰뚫는다.

인간 본성이 관대하다고 믿는 건 이웃이 내게 도움이 될 만한 미덕을
지녔다고 믿고 싶어서야. 잔액보다 많은 액수를 인출해야 할 때 은행원
을 칭찬하고, 나는 털지 않겠지라는 희망에 강도에게서도 좋은 면을 찾
아내는 거지.

주요 등장인물은 셋. 예술의 절대성에 모든 것을 거는 화가 바질
헬워드와 아름다움만이 가치가 있다고 믿는 귀족 헨리 워튼, 관능
과 쾌락에 몸을 맡기는 도리언 그레이다. 마냥 엄숙한 체하는 세상
의 위선과 획일성에 대한 작가의 반발심 때문이었을까. 책은 바질이
그린 도리언의 초상화를 보고 놀란 헨리의 아름다움에 대한 정의로
시작된다.

진정한 아름다움이란 지성의 표정이 시작하는 데서 끝나는 거야. 지성
이란 일종의 과장된 양식이라서 어떤 얼굴이든 지성이 어리는 순간 조
화의 아름다움은 사라지고 말지.

도리언은 무명 배우 시빌 베인을 유혹하곤 차 버린다. 울며 매달리
는 베인에게 눈물조차 짜증난다며 돌아선 날, 초상의 입가엔 잔인한
조소를 머금은 표정이 드리워진다.
초상의 변화를 감지한 그는 잘못을 반성하고 결혼하려 하지만 절

망한 그녀는 자살하고 없다. 도리언은 "선의의 결단은 언제나 너무 늦게 내려진다."라는 말로 책임을 회피한다. 이후 수치스런 삶에 따른 어둠과 무게는 초상화에 맡긴 채 자신은 영원한 젊음과 아름다움, 비밀스러운 쾌락, 거리낌 없는 즐거움을 마음껏 누리겠다고 마음먹는다.

변치 않는 외모로 여성들을 유혹하고 아편굴에 드나드는 등 온갖 죄를 저지르는 동안 초상은 자꾸 일그러진다. 악마에게 영혼을 팔아 젊음을 샀다는 소문이 돌고, 이를 듣고 찾아온 바질이 그림을 돌려달라고 하자 그는 바질을 살해한다. 착하게 살기로 마음먹은 뒤에도 초상이 그대로 있자 그는 속죄하기보다 초상을 없애기로 작정한다. 초상은 양심이자 영혼이니 이를 없애면 경고도 사라지고 평화를 찾을 수 있으리라 믿은 것이다. 그가 칼로 초상을 찌르는 순간 비명이 울려 퍼지고 달려온 하인들은 늙고 추악한 시체를 발견한다.

도리언의 때늦은 후회는 젊음과 아름다움에 목매는 이들에게 어떤 느낌으로 다가설까. 물질적 풍요와 화려한 외관에 매달리는 사이 영혼은 썩어 문드러지고 있는 건 아닌지, 책은 흥미진진한 줄거리를 통해 스스로를 돌아보게 만든다.

아름다움은 단지 가면일 뿐이고 청춘은 비웃음 같은 것이었다. 젊음이란 게 기껏해야 무엇이던가. 파르께하니 설익은 시간, 얕은 감정과 병적인 생각의 시간이다.

인간이 지닌 끝없는 욕망

『파우스트』

요한 볼프강 폰 괴테, 정서웅 옮김, 민음사, 1999

놀기만 하기엔 너무 늙었고 소망 없이 살기엔 너무 젊었다. 세상이 내게 무엇을 줄 수 있단 말인가. 쓰디쓴 눈물을 흘리며 울고 싶은 건 하루가 다 지나도록 한 가지 소망도 이루지 못한 데다 모든 쾌락에 대한 예감은 집요한 비판에 줄어들고, 가슴속에 약동하는 창조의 열정도 오만 가지 일로 방해받기 때문이다.

온갖 학문을 섭렵했는데도 모르는 것투성이에 돈도 명예도 없다는 자괴감에 휩싸인 파우스트의 한탄이다. 악마 메피스토펠레스가 이런 그를 유혹하겠다고 선언하자 신은 허락한다. "인간은 노력하는 한 방황하는 법"이며, "착한 인간은 어두운 충동 속에서도 무엇이 올바른 길인지 알고, 게으른 인간을 구하자면 악마의 역할도 필요하다."면서…….

괴테(1749~1832)가 희곡『파우스트(Faust)』를 완성한 건 여든두 살

때다. 쉰아홉 살에 1부를 마치고 일흔여섯에 2부를 시작, 죽기 1년 전에 마무리했다. 세상을 뒤바꾼 산업혁명과 프랑스혁명을 목도한 이의 만년작이어선가. 『젊은 베르테르의 슬픔(Die Leiden des jungen Werthers)』 작가요, 바이마르공화국 재상을 지낸 대문호의 역작은 시공간을 초월하는 판타지극인 동시에 잠언집으로 읽힌다.

널리 알려진 건 악마에게 영혼을 판 파우스트가 순진한 처녀 그레트헨을 망가뜨린다는 내용의 1부지만 실은 2부가 더 흥미진진하다. 1부가 개인의 빗나간 열정에서 비롯된 비극에 초점을 맞췄다면, 2부는 세대 갈등과 권력의 속성, 무분별한 지폐 발행과 재개발사업의 부작용 같은 경제·사회 문제까지 들여다본다.

파우스트는 약하고 이중적인 인간의 전형이다. 극 초반, 젊어지기 위해 마녀의 약을 먹을 때만 해도 그렇다. 다른 방법은 없느냐는 물음에 악마는 답한다.

있다. 당장 들에 나가서 밭 갈고 땅 파면 된다. 가축과 더불어 살고 밭에 거름을 주라.

그러나 파우스트는 "익숙하지 않고 괭이를 들고 싶지도 않다."며 외면하고 만다. 트로이 미녀 헬레네를 꼬드기는 말은 작업용 멘트로 나무랄 데가 없다.

한 번뿐인 운명에 대해 너무 깊이 생각하지 마십시오. 존재한다는 건 의

무입니다. 순간일지라도.

이런 기막힌 말솜씨도 아들에겐 통하지 않는다.

세상에 나오자마자 현기증 나는 계단에 올라 고통에 찬 영역을 그리워
하는구나. 우리는 네게 아무것도 아니냐.

앞날이 뻔한 짓을 하겠다는 아들에게 아버지로서의 간절한 심정을
하소연해 보지만 아무 소용도 없다.
지폐를 찍어 국가 부도를 막는다는 대목은, 권력과 정치의 속성이
란 시공간을 초월한다는 생각에 쓴웃음을 짓게 만든다.

폐하, 부채란 부채는 모두 정리됐으며 고리대금업자의 성화도 진정되었
나이다. 모든 고통을 행운으로 바꿔 놓은 이 역사적 문서를 보십시오.

문서의 내용은 지극히 간단하다.

이 지폐는 일천 크로네로 통용될 것이다. 제국의 영토에 매장된 무진장
한 보화를 담보로 충당한다.

파우스트의 이율배반적인 모습은 마지막으로 백성을 위한다는 명
목 아래 대규모 간척 사업을 벌이는 데서도 나타난다. 필요한 땅을
갖기 위해 살던 사람을 강제 이주시키려다 화재를 일으켜 죽게 하

는 장면이 그렇다. 파우스트는 "바꾸려고 했지 빼앗으려던 것이 아니었다."고 말하지만 비극은 돌이킬 수 없다. 가까운 이의 배신 혹은 스스로의 비겁함 때문에 가슴이 터질 것 같을 때 이 책을 펴게 되는 이유다.

양심이란 무엇인가

『레 미제라블』

빅토르 위고, 강명희 옮김, 하서, 2006

최고의 정의는 양심이다.

고전이라도 단숨에 읽히는 책은 흔하지 않다. 유명한 제목과 이름 있는 이들의 서평에 이끌려 어떻게든 읽어 보려 펼쳐들었다 끝내 통독하지 못하고 마는 책이 수두룩하다. 번역이 난삽해서일 수도 있고, 애당초 일반인이 읽기엔 지나치게 난해하기 때문일 수도 있으며, 내용이 시대에 맞지 않아서일 수도 있다.

빅토르 위고(1802~1885)의 『레 미제라블(Les Miserables)』(불쌍한 사람들이라는 뜻)은 그런 점에서 볼 때 실로 놀라운 경우다. 잡았다 하면 놓기 힘들 만큼 흥미진진한 데다 19세기 초 프랑스 사회 현상과 풍습이라는 정보는 물론 자유, 평등, 박애라는 메시지까지 동서고금 모든 저서가 지향하는 덕목을 고루 갖추고 있는 까닭이다.

위고는 열정과 노력의 대명사다. 시인이자 극작가, 소설가로『노트

르담 드 파리』 등 수많은 걸작을 썼을 뿐만 아니라 나폴레옹 3세에 항거하다 19년이나 망명 생활을 했다. 상원의원으로서 빈민 구제, 언론 자유, 여성과 아동의 권리, 초등학교 의무교육을 주창하는 등 정치·사상가로도 앞장서 실천하는 모습을 보였다.

『레 미제라블』은 1845년에 집필하기 시작, 망명 중이던 1861년 탈고해 1862년 출간한 작품으로 평생 관용과 통합을 외쳤던 그의 삶과 정신을 그대로 보여 준다. 책은 굶주리는 조카들을 위해 빵 한 조각을 훔쳤다가 19년 간 복역한 장 발장이 출감 후 세상을 떠날 때까지 17년간의 행적을 따라가는 형태로 구성됐다.

배경은 19세기 초 프랑스 혁명 이후 나폴레옹 정권이 들어섰다 무너지고 왕정과 공화정이 엎치락뒤치락하던 혼돈의 시대다. 정치적 혼란도 혼란이요, 산업혁명으로 인한 경제·사회적 변화는 신흥 부르주아 계층을 탄생시킨 한편 농민에서 노동자로 전락한 하층계급의 삶을 이전보다 더욱 비참하게 만든다.

책은 이런 세상에서 살아가는 사람들의 모습을 소름 끼칠 만큼 사실적으로 보여 준다. 악당의 전형인 테나르디에 부부에 대한 묘사도 그중 하나다.

그들은 중류와 하층계급의 중간이었다. 후자의 결점과 전자의 모든 악덕을 함께 지녔다. 노동자의 고매한 정열이나 시민의 성실한 질서 어느 쪽도 갖고 있지 않았다.

테나르디에 부부 밑에서 지내는 동안 부모의 사랑을 듬뿍 받는 친자식들과 달리 온갖 구박을 받는 코제트의 상황을 묘사한 대목도 마찬가지다.

에포닌과 아젤마, 코제트 세 아이의 나이를 합쳐도 스물넷이 안 됐다. 그런데 그들은 어른들 사회 전체를 대표하고 있었다. 한쪽엔 부러움 또 한쪽엔 경멸이 있었다.

작가는 그러나 장 발장과 그에게 삶의 의미를 일깨워 준 밀리에르 주교를 통해 그처럼 삭막하고 각박한 세상에도 정의와 관용이 있음을, 그리고 그것이야말로 세상과 사람을 구원하는 길임을 강조한다. "인간의 정신도 정원"이란 밀리에르 주교의 말이나 "정의에 대한 모욕" 운운하는 자베르 경감에게 장발장이 외치는 "최고의 정의는 양심"이란 말은 대표적이다.

사랑하는 코제트와 마리우스의 결혼 이후 마리우스에게 그동안 쓰던 이름은 가짜이고 진짜는 전과자 장 발장이라고 털어놓는 대목 또한 거짓과 술수로 가득 찬 세상에서 과연 어떻게 살아야 좋을지 묻고 싶은 이들에게 답을 제시한다.

옛날에 나는 살기 위해 빵 한 조각을 훔쳤다. 오늘은 살기 위해 이름을 훔치고 싶지 않은 것이다.

미당의 세계를 한데 묶다

『미당 시전집』

서정주, 민음사, 1994

마흔 다섯은

귀신이 와 서는 것이

보이는 나이

참 대 밭 같이 참 대 밭 같이

겨울 마늘 냄

풍기며 처녀 귀신들이

돌아와 서는 것이

보이는 나이

귀신을 길를 만큼 지긋치는 못해도

처녀 귀신허고

상면(相面)은 되는 나이

—「마흔다섯」

미당 서정주(1915~2000)는 언어의 연금술사다. 1936년 동아일보 신춘문예에 「벽」이 당선된 뒤 65년간 자그마치 1000여 편의 시를 썼다. 첫 시집 『화사집(花蛇集)』부터 열다섯 번째 시집 『80 소년 떠돌이의 시』까지 줄곧 다른 세계를 모색한 그는 중년 이후엔 뭐든 주물러 시로 만드는 위력을 발휘했다.

1940년대 『화사집』과 『귀촉도(歸蜀道)』에선 원죄 의식과 원초적 생명력을, 1950년대 『서정주 시선』에선 자기 성찰과 달관의 세계를, 1960년대 『신라초(新羅抄)』와 『동천(冬天)』에선 불교 사상에 입각한 인간 구원을, 1970년대 『질마재 신화』에선 토속적인 농경사회와 문화를, 1980년대 『학이 울고 간 날들의 시』에선 역사를, 『안 잊히는 일들』에선 자신의 이력을, 1990년대 『산시(山詩)』에선 세계의 자연을 다뤘다.

『미당 시전집』은 이런 그의 시들을 한곳에 모은 책이다. 「자화상」이라는 시로 시작되는 이 책은 시집이자 자서전이요, 역사서다. 누구도 흉내 낼 수 없는 그만의 질박한 시어와 시기별로 뚜렷한 색채를 지닌 다채로운 시에 빠져들게 하는 건 물론 '1900년대 한국'이란 격변의 세월을 굳건하게 견뎌 낸 한 남자의 삶을 들여다보는 시간도 갖게 한다.

「동천」과 「국화 옆에서」 같은 유명한 작품도 좋지만 광주학생사건에 연루됐던 십 대의 이야기를 담은 시나 돈 안 되는 시를 쓰면서 가장 노릇을 하느라 잠시도 쉴 틈 없이 직장인 노릇을 해야 했던 고달픔이 담긴 시들은 가슴을 먹먹하게 한다.

…(전략)

광주학생사건 2차년도 주모로

학교에서 퇴학당하고 감옥에 끌려간 내가

해어름에 돌아와 엎드려 절을 하자

저절로 떨어져 내리던 아버지의 밥숟갈….

…그래서 나는 또

아버지가 끼니밥도 제대로 못 먹게 하는

대불효의 자격을 또 하나 더 얻었다.

―「아버지의 밥숟갈」

1956년 시간강사 시절 강의 도중 영양실조로 쓰러진 일을 담아낸 「졸도」와 1968년 돈이 궁해 어느 문화상에 지망했다 떨어진 내용을 고백한 「김칫국만 또 마셔 보기」는 유명 시인에다 대학 교수라는, 남 보기엔 멀쩡한 직장과 직함이 있었는데도 실제론 고단하기 짝이 없던 형편을 드러냄으로써 그 시절 우리 모두 얼마나 궁핍했는지 보여 준다.

30년을 대학에서 강의하고도

환갑에도 그 흔한 박사도 못했는데

진갑에사 그게 하나 차례는 왔네만

내가 이미 중성도 넘게 여성적이 다 되어 그런지

숙명여자대학교란 데서 겨우 하나 그걸 얻게 되었네.

…(중략)…

난생 첨으로 한번 효도도 해볼 겸

보재기에 그 박사모자와 까운을 싸들고

…(중략)…

그걸 어머니께도 써 드리고 입혀드렸네.

    뒤늦게 받은 명예박사 학위를 고마워하며 어머니께 바치는 심정을 담은 「진갑의 박사학위와 노모」다. 여든 살 넘어서도 새벽에 일어나 촛불을 켜고 시를 썼다는 대시인의 「곡(曲)」은 이 책이 시집인 동시에 잠언집으로 읽히는 이유다.

곧장 가자 하면 갈 수 없는 벼랑 길도

굽어서 돌아가기면 갈 수 있는 이치를

겨울 굽은 난초잎에서 새삼스레 배우는 날

무력(無力)이여 무력이여

안으로 굽기만 하는 내 왼갖 무력이여

하기는 이 아무기 힘도 대건키사 하여라.

포기할 수 없는 삶

『차라투스트라는 이렇게 말했다』

프리드리히 니체 지음, 장희창 옮김, 민음사, 2004

삶은 우리에게 용기와 냉담, 조소, 과단성을 요구한다. 어째서 그대들
은 오전엔 긍지를 지녔다가 저녁엔 체념하는가. 삶은 감당하기 힘들다.
그러나 유약하게 굴지 말라. 그대들 모두 무거운 짐도 잘 짊어질 수 있
는 나귀들이다.

프리드리히 니체(1844~1900)의 삶은 고단했다. 할아버지와 아버지
모두 목사인 유복한 가정에서 태어났지만 아버지가 일찍 돌아가시
는 바람에 홀어머니 밑에서 힘겹게 자랐다. 고도 근시였는데도 군대
에 자원입대했다가 말에서 떨어져 가슴을 다친 뒤 계속 후유증에 시
달렸다. 시험과 논문 없이 저작만으로 스물다섯에 라이프치히 대학
교에서 박사 학위를 받고 스물여섯에 정교수가 됐으나 눈병과 위장
병으로 서른둘에 강의를 중단했다.

그는 그러나 서른네 살에 『인간적인, 너무나 인간적인(Menschliches,

Allzumenschliches)』을 발표한 데 이어 서른아홉부터 『차라투스트라는 이렇게 말했다(Also sprach Zarathustra)』 1부에서 4부까지를 출간하는 등 활동을 멈추지 않았다. 그런 노력에도 불구, 마흔다섯에 이탈리아 토리노에서 졸도해 정신병원에 입원하곤 세상을 뜰 때까지 제자리로 돌아오지 못했다.

비극적인 삶에도 불구하고 그는 자포자기하지도, 세상에 굴복하지도 않았다. 오히려 가치 있는 삶을 향한 무한 도전의 중요성을 강조했다. 『차라투스트라는 이렇게 말했다』는 이런 그의 의지와 노력의 산물이다. 니체는 자유로운 정신의 대변자인 차라투스투라를 통해 사람들에게 기존의 가치와 제도에 갇히지 말고 자신의 길을 걸어가라고 요구한다.

모든 위대한 일은 시장과 영예를 떠난 곳에서 일어난다. 예로부터 새로운 가치의 창안자는 시장과 영예를 떠난 곳에 살았다. 달아나라 친구여, 고독 속으로. 나는 그대가 독파리 떼에 쏘이는 것이 보인다. 달아나라. 거칠고 힘찬 바람이 부는 곳으로.

고뇌와 절망을 극복하기 위해 매달린 독서와 사색의 결과일까. 책은 특유의 반어법과 비유, 야유, 풍자로 이뤄진 잠언과 경구로 가득차 있다. 국가에 대한 정의와 처세에 관한 팁은 그의 천재성과 삶에 대한 통찰력에 찬탄을 금치 못하게 만든다.

선한 자든 악한 자든 모든 자들이 독을 마시는 곳, 그곳을 나는 국가라고 부른다. 선한 자든 악한 자든 모든 자들이 자신을 상실하는 곳, 모든 자들이 서서히 자살하고 이것을 삶이라고 부르는 곳, 여기가 국가다.

자신을 숨기지 않는 사람은 다른 사람을 격분시킨다. 사람은 누구나 적나라한 것을 두려워하기 때문이다. 친구를 위해 치장하는 걸 아까워하지 말라. 친구에게 그대는 동경이다.

심신의 병마와 싸우느라 지겨웠을 법도 한데 그는 "애써 봤자 결국 다 비슷해진다. 삶이란 그저 그런 것이다."라는 식의 자세를 거부한다. 인간은 평등하지 않고 세상 또한 공정하지 않지만 그 불평등함을 버팀목 삼아 전진해야 한다는 것이다.

살아가자면 선과 악, 부유함과 가난함, 귀한 것과 천한 것, 모든 가치의 이름, 그런 것들을 무기로 삼아야 한다.

고전이란 시공간을 초월하는 법. 이 책은 모든 것이 생각의 속도로 변하는 21세기에도 여전히 유용한 삶의 지혜로 가득하다.

증오할 적을 가져야지 경멸할 적을 가져선 안 된다. 적을 자랑스럽게 여겨야 한다. 자신을 아껴야 한다. 그러자면 많은 것들을 그냥 스쳐 지나가야 한다.

곁에 두고 싶은 책

이런 구절도 있다.

나눠 주는 덕이야말로 최고의 덕이다.

영웅의 몰락과 우리 사회의 이면

『우리들의 일그러진 영웅』

이문열, 문학사상사, 1999

> 그가 내게 바라는 것은 오직 내가 그의 질서에 순응하는 것, 그리하여 그
> 가 구축해 둔 왕국을 허물려 들지 않는 것뿐이었다. 실은 그거야말로 굴
> 종이며, 그의 질서와 왕국이 정의롭지 못하다는 전제와 결합되면 그 굴
> 종은 곧 내가 치른 대가 중에서 가장 값비싼 대가가 될 수도 있으나 이미
> 자유와 합리의 기억을 포기한 내게는 조금도 그렇게 느껴지지 않았다.

『인간의 조건』을 쓴 프랑스 작가 앙드레 말로(1901~1976)에 따르
면 예술이란 "덧없이 사라지는 인간의 운명을 극복할 수 있는 유일
한 힘이자 세상을 바로잡는 기준"이다. 또한 "사람들이 미처 깨닫지
못한, 그들 안에 갇힌 위대한 본성을 깨우쳐 주는 힘"이다.

문학은 더욱 그렇다. 좋은 소설은 어지럽고 혼탁한, 무엇이 옳고 무
엇이 그른지 도통 분별할 수 없는 세상에서 삶의 방향을 찾을 수 있
도록 이끌어 준다. 때론 헤매고 때론 넘어져 울면서도 다시 일어서
려 애쓰는 주인공을 통해 우리는 나만 외로운 것이 아님을, 나만 세

상이 마구 휘두르는 칼날에 여기저기 베여 피 흘리고 있는 게 아님을 깨닫고 위로받는다.

『우리들의 일그러진 영웅』도 그런 소설이다. 1979년 동아일보 신춘문예에 중편 「새하곡」이 당선돼 문단에 나온 이문열(1948~)은 무슨 얘기든 술술 읽히게 풀어내는 탁월한 이야기꾼이자, 많은 작품 중 어느 것 하나에도 소홀하지 않은 성실한 일꾼이요, 무엇보다 엄청난 양의 어휘를 구사하는 우리말의 대가다. 또한 세상과 사물 모두 꼼꼼하게 들여다본다.

소설의 내용은 간단하다. 도시에서 시골로 전학 간 초등학교 5학년생 한병태가 학급을 휘두르던 엄석대에 맞서다 참담하게 무너지지만 담임이 바뀐 지 한 달도 안 돼 석대가 범죄자로 전락해 사라진다는 줄거리다. 석대에게 모든 걸 맡기고 편히 지내던 이전 담임과 달리 새 담임은 반 분위기가 왠지 무기력하고 소침하다는 사실을 눈치채고 시험 답안지를 점검, 답안지를 바꿔치기한 석대의 비리를 파악한 것이다. 나이든 병태가 과거를 회상하는 형식으로 쓰인 이 소설은 학교 폭력과 왕따가 어떻게 이뤄지는지, 교사의 관심과 애정이 학생들에게 얼마나 큰 영향을 미치는지 세세하게 이른다. 어디서든 힘과 분위기에 휩쓸리는 대중적 속성도 고발한다.

아이들 위에 군림하는 석대의 폭력과 비리를 눈치 챈 병태는 부모와 담임에게 일러 보지만 '좀스럽고 샘 많은 못난 놈'으로 매도당하고 버티다 못해 결국 석대의 휘하에 들어간다. 석대의 교묘한 괴롭힘에 넌더리나게 시달렸는데도 병태는 6학년 담임에 의해 석대의 입지가 바뀐 뒤 석대의 잘못이나 석대에게 당한 일을 얘기하라는 담임의 말에 모른다고 답한다.

석대의 나쁜 짓을 까발리고 들춰 내는 데 가장 열성적인 아이들은 대개 두 부류였다. 하나는 석대의 총애를 받기 원했으나 이런저런 까닭으로 실패한 부류였고, 다른 하나는 그날 아침까지도 석대 곁에 붙어 그 숱한 나쁜 짓에 손발 노릇을 했던 부류였다. 나는 느닷없는 그들의 정의감이 미덥지 않았다. 내 눈에는 그 애들이 석대가 쓰러진 걸 보고서야 덤벼들어 등을 밟아 대는 교활하고도 비열한 변절자들로밖에 비쳐지지 않았다.

훗날, 현실에 짓이겨진 병태는 "이런 세상이라면 석대는 어디선가 틀림없이 다시 급장이 되었을 것"이라고 믿는다. 그러나 우연히 본 석대는 형사들에게 잡혀 어딘가로 끌려가고 있었다.

그날 밤 나는 늦도록 술잔을 비웠다. 눈물까지 두어 방울 떨군 것 같은데 그게 나를 위한 것이었는지 그를 위한 것이었는지 또 세계와 인생에 대한 안도에서였는지 새로운 비관에서였는지는 지금에조차 뚜렷하지 않다.

소시민의 심정을 이보다 더 잘 그려 낼 순 없다. 속이 쓰리다.

곁에 두고 싶은 책

동물에 빗댄 이상 사회의 부조리

『동물농장』

조지 오웰, 도정일 옮김, 민음사, 1998

곧 그날이 오리라. …(중략)… 코뚜레가 사라지고/ 멍에가 사라지고/ 재
갈과 박차는 영원히 녹슬고/ 잔혹한 회초리도 없어지리라. …(중략)…/
밀과 보리, 귀리와 건초, 클로버와 콩과 사탕무가/ 모두 우리 것이네. 그
날이 오면/ 영국의 들판은 밝게 빛나고/ 강과 시내는 더 맑아지고/ 바람
은 달콤하게 불어오리라. 우리가 해방되는 바로 그날에. …(후략)

—「잉글랜드의 짐승들」

솔깃하다. 아니, 누구라도 혹할 만하다. 조지 오웰(1903~1950)이 빅
브라더의 출현을 예고한 1984년이 지난 지 30년이 다 돼 간다. 소설
과는 다르지만 어디서든 행여 CCTV에 찍히고 있진 않은지 전후좌
우 둘러봐야 하는 판이다. 놀랍고도 무서운 예지력이다.

『동물농장(Animal Farm)』이 나온 건 1945년 8월 17일. 1917년 볼세
비키 혁명 이후 스탈린 시대까지의 소련을 풍자한다. 인간들에게 착

취당하던 동물들이 인간을 내쫓고 동물농장을 꾸려 간다는 줄거리로, 농장주 존즈는 니콜라스 2세, 혁명을 주창하는 메이저는 마르크스, 나폴레옹은 스탈린, 스노볼은 트로츠키, 돼지들은 볼셰비키, 개들은 비밀경찰을 뜻한다.

소설은 모두가 평등한 세상을 이루겠다는 혁명이 어떻게 특정 계층의 권력 놀음으로 끝나는지 하나하나 뜯어서 고발한다. 오웰의 본명은 에릭 블레어. 식민지 인도에서 태어나 영국 이튼 스쿨을 다녔다. 미얀마의 대영제국 경찰, 접시닦이, 교사 등 각종 직업을 전전하다 스페인 내전에 참가한 뒤 전체주의를 적으로 규정한다. 『동물농장』은 이와 같은 저자의 경험과 인식을 바탕으로 쓰였다. 소설은 늙은 수퇘지 메이저의 연설로 시작된다.

인간은 생산하지 않으면서 소비하는 유일한 동물입니다. 동물들을 부려먹고 굶어 죽지 않을 만큼의 먹이만 주고 나머지는 모두 자기가 챙깁니다. 동물들에게는 완벽한 단결과 투쟁을 통한 완벽한 동지애가 필요합니다.

반란을 일으켜 농장주 존즈를 몰아낸 동물들은 행복했다. 그러나 뿌듯함은 잠시. 수퇘지 나폴레옹은 농장을 탈환하려던 존즈를 물리치고 경쟁자 스노볼을 내쫓은 뒤 개들을 앞세워 공포정치를 시작한다. 회의를 폐지하고, 당초 약속과 달리 품위 유지를 내세워 존즈의 집에 살면서 반항하는 동물은 처형한다.

농장은 부유해졌지만 동물들은 더 잘살지 못하는 그런 농장이 된 것 같았다. 돼지들에겐 농장을 지휘 감독하고 조직하느라 일이 끝도 없이 많았다. 하지만 그들이 자기네 먹을 식량을 제 손으로 생산하는 일은 없었다. 그러나 동물들은 희망을 버리지 않았다. 고달프게 일해도 그 노동은 최소한 그들 자신을 위한 것이었다. 그들 중 두 발로 걷는 동물은 없었다.

그러나 어느 순간부터 돼지들은 회초리를 들고 두 발로 걸으면서 "네 발은 좋고 두 발은 더 좋다."를 외쳤다. 근처 농장주인 인간들과 함께 그 동안의 불신과 오해가 사라져 기쁘다며 건배하던 그들은 곧 내가 맞고 너는 틀리다며 맞고함질을 친다. 소설은 이렇게 끝난다.

그들의 눈엔 누가 돼지고 누가 인간인지 어느 것이 어느 것인지 이미 분간할 수 없었다.

『동물농장』은 기회의 평등 아닌 결과의 평등을 앞세우는 무리를 좇는 이들에게 주는 따끔하고 엄중한 경고장이다. 권력의 타락을 방조하는 건 무지와 무기력이며, 권력에 맹종하고 아부하는 순간 모든 사회는 파시즘과 전체주의로 돌입한다는 사실도 전하면서…….

타인의
삶에서
힌트를 얻다

자
서
전

"좋은 책을 읽는다는 것은
 과거의 가장 훌륭한 사람들과 대화하는 것이다."
– 데카르트

노력을 이기는 것은 없다

『이 땅에 태어나서』
정주영, 솔, 1998

이만큼 혹은 이 정도나 요 정도가 아니라 더 이상 더할 게 없는, 마지막의 마지막까지 다하는 최선을 신조로 삼았다.

모든 세대는 다 초조하다. 사십 대는 특히 더하다. 윗 세대가 보기엔 한창 좋을 때지만 정작 당사자들은 가슴이 바짝바짝 탄다. 더 이상 젊지 않은데 이뤄 놓은 건 없고 기회는 자꾸 줄어든다 싶은 탓이다. 알 길 없는 미래로 인해 안타깝고 불안한 세대가 이십 대라면 사십 대는 너무 뻔해 보이는 내일 때문에 답답하고 서글프다.

현대그룹 창업주인 고(故) 정주영(1915~2001)의 자서전『이 땅에 태어나서』는 이처럼 나이의 무게에 짓눌린 이들에게 '뭐든 할 수 있다.'는 힘과 용기를 심는다. '나의 살아온 이야기'라는 부제처럼 그는 이 책에서 현대 그룹 창업 과정은 물론 서울올림픽 유치 뒷 얘기와 대선 패배 후의 심정까지 솔직히 털어났다.

그는 1915년 11월 25일 강원도 통천에서 6남2녀 중 장남으로 태어났다. 3년 동안 서당에서 한문을 익히고 소학교에 다녔다. 전교 2등으로 졸업했는데 붓글씨 쓰기와 창가를 못해 그렇지 공부는 1학년에서 3학년으로 월반할 만큼 잘했다. 그는 상급 학교에 진학해 선생님이 되는 게 꿈이었지만 가난했던 집안 형편상 꿈은 한낱 꿈으로 끝났다.

아무리 해도 가난을 면하지 못할 것 같은 농사일에서 벗어나고자 가출했다 잡혀 오기를 세 번, 열아홉 살 때 다시 고향을 떠났다. 막노동꾼을 거쳐 복흥상회란 쌀가게에 취직했는데 자전거를 탈 줄 몰라 혼쭐이 났다. 자전거를 못 탄다는 말을 못해 비 오는 날 자전거에 쌀가마니를 비끄러매고 배달을 나섰다 길에서 그만 나동그라진 것이다.

그날 밤 선배 배달꾼에게 자전거 쌀 배달의 기술과 요령을 배워 내리 사흘 동안 거의 밤잠을 안 자고 연습했다는 그는 이후 평생을 그때 쌀 배달 연습하듯 최선을 다했다고 고백한다. 그렇게 일한 결과 2년 만에 주인으로부터 가게를 물려받았지만 중일전쟁 발발로 문을 닫아야만 했다.

1940년 아도서비스라는 자동차 수리공장을 열었으나 잔금을 치른 지 닷새 만에 불이 났다. 사람들이 말하듯 운이 좋기만 했던 건 아니었다는 얘기다. 그는 그러나 오뚝이처럼 일어나 1946년 봄 현대자동차공업사 간판을 걸었다.

허허벌판 바닷가 백사장 사진과 거북선 그림이 든 500원짜리만으로 조선소 건립 차관과 유조선 건조 주문을 따낸 게 쉰다섯, 새벽에 현장을 돌다 바다에 빠져 죽을 뻔하면서 현대조선을 완공한 게 예순 살 때였고, 세계 최대 규모인 사우디 주베일 항만 공사를 수주한 게 예순하나, 서산만 방조제 연결공사를 끝낸 게 예순일곱, 소 몰고 이 북으로 향한 게 일흔세 살 때였다.

인간의 정신력이란 것은 계량할 수 없는 무한한 힘을 가졌으며 모든 일 의 성패, 국가의 흥망은 그 집단을 이루는 사람들의 정신력에 의해 좌 우된다.

현대조선 완공 뒤의 소감이다. 행복의 조건으로 건강과 더불어 담 백하고 순수한 삶, 강하고 굳은 뜻 외에 책 읽기를 꼽은 그는 후기에 이렇게 적었다.

일꾼으로서 지금의 나는 아직 늙었다고 생각하지 않는다. 일에는 늙음이 없다. 최상의 노동자에겐 새로운 일감과 순수한 정열이 있을 뿐이다.

그의 나이 여든세 살 때였다.

평범한 것이 가장 특별한 것

『일의 즐거움』

다나카 고이치, 하연수 옮김, 김영사, 2004

단백질 질량 분석으로 화학상을 받았지만 대학에서 전공한 건 전기공학이었다. 어렸을 때부터 전기에 관심이 있었던 건 분명하지만 그보다는 전기를 다루면 적어도 밥을 굶지는 않으리라는 현실적인 발상에서 택한 것이었다. 따라서 사회에 진출했을 때 화학에 대해 갖고 있던 기초지식이라고 해 봐야 고등학생 수준에 불과했다.

다나카 고이치는 1959년 일본 도야마에서 태어났다. 양부모 밑에서 자라 도호쿠대학교 전기공학과를 5년 만에 졸업했다. 대학에 입학한 뒤 입양아란 사실을 알고 충격을 받아 낙제한 탓이다. 취업도 순조롭지 않았다. 소니 입사 시험을 봤지만 떨어지고 말았다.

교토의 정밀기기회사 시마즈 제작소에 들어가고 나서도 연구하는 일이 좋다며 승진 시험을 보지 않는 바람에 입사 19년이 되도록 분석계측사업부 연구소 주임에 머물렀다. 노벨상 역사상 최초의 학사 출신 회사원 수상자가 되기까지 그의 이력은 이렇게 평범하다 못해

다소 뒤쳐져 보일 정도였다.

노벨상 수상 소식도 회사에서 작업복을 입은 채 들었다. 인간 승리의 주인공임이 분명한데 정작 본인은 "엔지니어로서 좋아하는 일을 하며 사는 게 즐거운 보통 사람일 뿐"이라고 말했다. 실제 그는 수상 후 유명세에 상관없이, 다니던 회사에 계속 근무하고 있다.

『일의 즐거움(生涯最高の失敗)』은 그런 그가 2002년 노벨 화학상을 수상한 후 써낸 자서전이다. 책은 과학자가 썼다고 믿기 어려울 만큼 편안하면서도 쉽고, 무엇보다 자서전 특유의 과장이 없다. 손에 들자마자 단숨에 끝까지 읽게 되는 것도 그래서일 것이다.

이제 남은 분은 키워 주신 어머니뿐이다. 그래서 자주 연락하며 지내려 한다. 이런 내 모습이 '다나카 씨는 효자'라는 식으로 보도되곤 하는데, 내가 특별히 효도를 하고 있다고는 생각하지 않는다.

자서전 집필 이유를 자신의 이야기가 "그늘에서 묵묵히 일하는 이들의 의욕을 북돋울 수 있었으면 하는 바람"과 "불필요한 오해나 비효율적인 설명을 줄이고 연구하는 일상으로 돌아가기 위해"라고 밝힌 그는 청소년 시절부터 대학 졸업 후 취업하고 노벨상 수상자로 선정되기까지의 과정을 솔직담백하게 털어놓는다.

지방 중소 도시에서 태어나 특별함과는 거리가 먼 삶을 살던 자신이 노벨상을 받을 수 있었던 첫째 요인으로 그는 뭐든 한번 잡았다 하면 끝까지 붙들고 늘어지는 끈기와, 상식에 얽매이지 않고 대든 도전 정신, 사소한 것도 놓치지 않는 관찰력과 기록하는 습관, 짬짬이 영어 논문을 발표한 점 등을 들었다.

수상 업적인 단백질 질량분석법의 원리를 발견한 것도 실험 중 실수로 액체 글리세린을 코발트 미분말 위에 떨어뜨린 뒤 버리지 않고 꾸준히 관찰한 덕이라고 털어놨다. 버리기가 아까웠다는 것. 신약 개발의 새 지평과 암 조기 진단의 가능성을 연 획기적인 발견이었지만, 정작 일본학회에선 주목을 받지 못했다. 일본에서 출연한 기술 특허와 관련해서 그가 회사로부터 받은 돈은 겨우 1만1000엔(약 15만 원 정도)에 불과했다.

이 책은 화려한 스펙도 든든한 배경도 없는, 그래서 풀 죽고 어깨 처진 이들에게 겉으로 보이는 것만이 전부가 아니라고, 눈에 보이는 간판보다 스스로를 믿고 꿈을 잃지 않으면서 앞으로 꾸준히 나아가는 것이 중요하다고 가르친다. 또 하나, 책은 행복이 무엇인지에 대해 쉽고 명쾌하게 답한다.

지금 하고 있는 일을 마음으로부터 즐기는 사람은 행복하다.
항상 호기심을 유지하고 주저하지 말라. 연구 결과가 실수인 줄 알았지만 그 상태에서 머뭇거렸다면 이 자리에 오지 못했을 것이다.

나락에서 다시 도약하기

『iCon 스티브 잡스』

윌리엄 사이먼 · 제프리 영, 임재서 옮김, 민음사, 2005

쉰 살이 된다는 건 조금 더 멀리 내다볼 줄 안다는 것이다. 참을성이 많아지는 건 아니다. 어떤 질문을 받을지 더 잘 알게 될 뿐이다. 원하는 대로 일해 주는 사람은 별로 없다. 그러니 일을 시키기 전에 내가 좀 더 신중하게 생각하는 편이 낫다.

윗사람은 '똑부(똑똑하고 부지런한)형'보다 '똑게(똑똑하지만 게으른) 형'이 낫다는 통념에 일침을 가하는 말이 아닐 수 없다. 패자에게 남는 건 차가운 시선과 침묵뿐이다. 제아무리 잘나가던 사람도 싸움에서 지고 나면 아무도 찾거나 말을 걸지 않는다. 가까이 했다가 승자에게 밉보이면 큰일이라 여기는 탓이다. 천하의 스티브 잡스도 예외일 수 없었다. 1985년 야심작 매킨토시가 죽을 쑤면서 자기 회사에서 사실상 해고된 후 잡스는 철저하게 버려졌다.

사무실을 옮겨 달라는 요구를 받았다. 그들은 내게 애플 빌딩 건너편의 작은 건물을 내줬다. 나는 임원들에게 어떤 식으로든 회사에 도움이 되고 싶으니 일이 있으면 전화해 달라고 부탁했다. 다들 그러겠다고 했지만 한 사람도 전화하지 않았다. 새 사무실에서 내가 할 일은 없었다. 우울했다. 나는 결국 사무실에 나가는 걸 그만뒀다.

스물두 살에 애플을 창업, 승승장구하던 스티브 잡스의 인생 1막이 끝나는 순간이었다. 그는 그러나 여기서 주저앉지 않았다. 정치에 입문할까 생각하던 그는 곧 자신이 가장 잘할 수 있는 일은 새롭고 혁신적인 제품을 만드는 것임을 깨닫기에 이른다. 그러고는 명목만 유지하던 애플 회장직을 버리고 새로운 회사 '넥스트'를 창립한다.

잡스는 쉽사리 정의하기 힘든 인물, 아니 모순 덩어리다. 태어난 즉시 입양된 사생아란 사실에 시달렸으면서도 정작 자신은 오랫동안 친딸의 존재를 부인했다. 어려선 독불장군이었고 성공한 후에도 친구와 동료에게 주식을 나눠 주지 않는 등 인색하게 굴었지만, 필요한 사람은 무슨 수를 써서든 설득해 냈고 직원 또한 항상 일류를 고집했다.

『iCon, 스티브 잡스(iCon Steve Jobs: The Greatest Second Act in the History of Business)』는 그런 잡스의 모습을 가감 없이 담아낸 책이다. 저자인 제프리 영과 윌리엄 사이먼은 고집쟁이 말썽꾸러기로 양부모를 괴롭혔던 잡스의 어린 시절부터 애플 창업 전후, 넥스트와 픽사 처분 후 애플로 복귀한 뒤 아이팟 성공으로 세계무대에 우뚝 선 2005년까지의 모습을 편집하지 않은 영상처럼 그대로 그려 냈다.

책은 서른 살에 무대에서 떨어졌던 잡스가 어떻게 해서 남들 모두 퇴장하는 쉰 살에 다시 무대에 올라 쉰다섯 살에 '디지털 시대 최고의 아이콘'으로 떠올랐는지 보여 준다.

그에겐 불가능에 대한 감이 없었다. 앞길에 도사리고 있을 함정에 대해서도 생각하지 않았다. 그의 비전은 너무 강력해 어떤 장애물도 단숨에 날려 버릴 정도였다.

물론 좋은 평가만 있는 건 아니다. "세일즈맨적 열정과 전도사의 신념으로 무장한 우리 시대 최고의 몽상가"라는 말은 "종잡을 수 없다.", "공격적이고 독단적이다."와 "세세한 것에 너무 신경 쓴다." 등의 표현과 종이 한 장 차이다. 분명한 건 그가 과거의 실패와 성공에 아랑곳하지 않고 언제나 이제 막 시작한 사람처럼 행동함으로써 세상을 바꾸었다는 사실이다.

잡스는 따라할 수도, 무작정 따라해서도 안 될 듯한 인물이다. 그러나 잡스의 정신과 태도는 우리 모두 가슴에 새겨 둘 만하다. 불가능은 없다고 믿는 도전 정신, 누구라도 내 편으로 만들어 내는 끈기와 집념, 세상을 바꾸는 건 기술보다 소프트웨어가 지닌 가능성이라는 믿음, 우주에 흔적을 남기고 싶다는 의욕이 바로 그것이다.

소외당한 삶에 주목하다

『슈테판 츠바이크의 에라스무스 평전』
슈테판 츠바이크, 정민영 옮김, 아롬미디어, 2006

영리한 자는 불평하지 않으며 현명한 자는 스스로 흥분하지 않는다.

슈테판 츠바이크(1881~1942)의 책은 어느 것이나 날카로운 통찰의 문구로 가득 차 있다. 전기(傳記) 작가로 타의 추종을 불허하는 그의 책들은 주인공의 삶을 일방적으로 찬양하지 않는다. 업적이 아닌 삶, 특히 내면에 주목하니 그럴 수밖에 없다.

츠바이크는 위대했으나 행복하지 않았던, 자신의 이상과 노력에 대해 보상받기는커녕 철저히 소외당한, 그러면서도 일과 목표에 쉼 없이 매진함으로써 세상의 변화에 기여한 이들의 생애를 추적했다. 그는 또 방대한 자료와 세밀한 심리 묘사를 바탕으로 시대와 사회가 한 개인을 어떤 식으로 몰아가는지, 역사적 인물의 경우 겉으로 드러난 모습과 감춰진 모습이 어떻게 다른지를 실감나게 그려 냈다.

『에라스무스(Triumph und Tragik des Erasmus von Rotterdam)』는 물론

『마젤란(Magellan: Der Mann und seine Tat)』, 『발자크(Balzac: Eine Biographie)』 등 그의 전기소설이 주인공들의 알려지지 않은 개인사와 함께 당대의 세계사를 한눈에 보여 주는 건 이런 까닭이다. 츠바이크는 폭력과 전쟁을 증오하는 중립주의자로서의 외로움을 일과 공부로 달래려 했던 에라스무스에게 자신의 꿈과 이상을 투영시켰던 걸까. 『에라스무스』는 츠바이크의 전기 가운데서도 단연 돋보인다.

에라스무스(1466~1536)는 뛰어난 문법학자이자 종교사상가이며 작가였다. 기독교 윤리와 철학을 바탕으로 모든 독단과 편협에 맞서 유럽 문화의 정신적 통일을 추구한 이성의 대변자인 동시에 교육자였다. 종교개혁의 기반을 제공했지만 피를 부르는 투쟁의 선봉에 선 마틴 루터(1483~1546)와 노선을 달리함으로써 현실에선 패자로 남았다.

책은 이런 에라스무스의 일생을 냉정한 눈으로 다룬다. 신부의 사생아로 결코 잘생겼다고 할 수 없는 얼굴에 체구도 왜소했던 그가 어떻게 유럽을 대표하는 인문주의자로 우뚝 서게 됐는지, 평생 동안 균형 감각을 잃지 않았던 그가, 망하는 길인 줄 뻔히 알면서 루터에 대한 반박문을 왜 내놓게 됐는지까지 섬세하되 도발적인 특유의 문체로 기술한다.

에라스무스는 자유인이었다. 신부였으면서도 평생 사제복을 입지 않았고, 오갈 데 없던 말년에 추기경 자리를 제안받고도 거절했다. 그는 자기를 억압하는 모든 것에 큰소리로 맞서는 대신 조용한 방식으로 처리했으며, 평생 하루 서너 시간씩밖에 자지 않고 일했다.

지식과 역사, 사랑 모두 사소한 것에 목숨을 걸고 매진하는 바보들에 의해 이뤄진다는 내용을 담은 풍자집 『우신예찬』은 바로 그같은 노력에서 얻어진 박학다식함의 결과다.

그의 목표는 폭력 배제, 특히 전쟁 폐지였다. "전쟁을 겪어 보지 못한 자들에게만 전쟁이 아름다워 보인다."는 말은 그런 생각을 단적으로 대변한다. 책은 이처럼 평생 동안 화합과 조화의 인간을 추구했던 그가 현실의 패배자가 된 이유로 민중에 대한 외면과 환상 및 결단력 부족을 꼽았다. 츠바이크는 지나치게 이성적인 인물의 한계를 꼬집으면서도 에라스무스의 말을 통해 선동가의 꾐에 빠지는 것을 경계한다.

개인은 군중을 격정 속에 몰아넣을 순 있으나 고삐 풀린 격정을 수습할 능력은 없다. 이성을 지닌 자라면 선봉에 서기보다 광신에 맞서야 한다.

정조에게 배우는 인간 수양의 덕목

『정조의 수상록 일득록 연구』

정옥자, 일지사, 2000

> 글씨를 볼 때는 점과 획을 봐야 하고, 그림을 볼 때는 준법(굴곡, 주름, 중첩
> 등을 그리는 화법)과 세(勢)를 봐야 하고, 역사를 볼 때는 다스려짐과 소홀
> 함을 봐야 하며, 사람을 볼 때는 선함과 악함을 봐야 한다.

어지러운 세상이다. 모든 건 네 탓이요, 게으름과 뻔뻔함을 여유와
배포라며 큰소리치는 이들이 너무 많다. 조폭 두목도 평소 윗자리에
앉아 고기 한 점이나마 더 먹은 값을 하기 위해 유사시엔 목숨 걸고
앞장선다는데, 오나가나 앞자리를 차지하려 드는 지도층 인사란 이
들이 조금이라도 손해다 싶으면 꽁무니를 빼기 일쑤다.

말과 행동이 전혀 다른, 부끄러움이란 단어조차 모르는 듯한 낯 두
꺼운 이들의 득세는 최소한의 도리라도 지키며 살아 보려 애쓰는 사
람들의 가슴에 대못을 박는다. 정조의 어록이자 수상록인 『일득록(日
得錄)』은 이처럼 혼란스럽고 갈피를 잡기 힘든 세상에서 어떻게 살아
야 하는지에 대한 최소한의 지침을 일러 준다.

이 책은 정조대왕(1752~1800) 연구에 평생을 바치다시피 한 정옥자 서울대학교 명예교수가 일득록 훈어(訓語) 부문을 중심으로 해석하고 연구한 결과를 모은 것이다. 논문집에 가깝지만 저자의 쉽고 정확한 풀이 덕에 어디를 펼쳐도 스스로를 갈고 닦는 수양을 넘어 신하와 백성을 바르게 이끌고자 고민했던 정조의 숨결을 느낄 수 있다.

조선조 3대 성군으로 꼽히는데도 정조는 동서고금 정치인의 자질이란 노회함과는 거리가 멀었던 듯싶다. 스스로 "잘 참지 못하고 아첨꾼을 배척해 원망을 많이 샀고, 그 결과 혹독한 비방을 받아 감내하기 힘든 지경에 빠진 적도 있다."고 고백한 것만 봐도 그렇다.

그래서였을까. 그는 '수기치인(修己治人, 자신을 갈고 닦은 후 사람을 다스리다.)'이란 대전제 아래 마음을 다스리는 법과 인격 수양법을 제시하고, 수신의 기초인 인간다움을 위한 이념적 지표와 구체적 실천 덕목까지 내놓는다.

말은 잘 선택해야 하고, 마음은 굳세게 가져야 하며, 뜻은 높이 가져야 하고, 도량은 넓어야 하며, 일은 실속 있게 해야 하고, 배움은 힘을 써야 한다.

또 '정의관 존첨시(正衣冠 尊瞻視, 의관을 바로 하고 시선을 높이 두다.)'를 중시하는 한편 수신은 자중(自重)에 있다고 강조했다.

자중이란 응대하는 말을 수식하고 용모를 꾸며 일마다 무거움을 취하는 게 아니다. 재상은 재상의 규도를, 학사면 학사의 규도를 지켜 행동, 말,

곁에 두고 싶은 책

태도가 남의 마음을 만족시키고 복종시킬 수 있는 상태를 뜻한다.

마당발에 대해선 일찌감치 부정적이었던 것으로 보인다.

옛사람은 몸을 착하게 하는 것으로 정(靜)을 삼았고, 사귐을 적게 하는 것으로 신(愼)을 삼았다. 몸이 착하면 재앙이 없고 교제가 적으면 근심이 없다.

통치자의 직분으로 "하늘을 공경하고, 백성을 구휼하며, 현인을 존숭하는 것"을 꼽은 정조는 정치 원칙으론 '명검(名檢, 명분에 맞게 자신을 단속하는 절제)'을 들었다. 정치가가 스스로를 제어하는 기능을 상실하면 사회 통합은 가망이 없다고 본 정조대왕의 또 다른 한마디는 세상 모든 통치자와 최고경영자가 명심해야 할 대목이라 할 수 있다.

소인이 군심(君心)을 미혹함은 물이 종이를 적시는 것과 같아 날마다 옮아가지만 깨닫지 못하니 어찌 두려워하지 않을 수 있겠는가.

올바른 삶에 관한 퇴계의 가르침

『퇴계, 인간의 도리를 말하다』

김영두 엮음, 푸르메, 2011

집이 겨우 열 칸 남짓이라 추위가 모질거나 장마 때면 견딜 수 없을 정도
인데도 여유롭게 지내셨다. 영천군수 허시가 찾아뵙고 놀라서 말했다.
"이처럼 누추한 곳에서 어찌 견디십니까."
"몸에 익은 지 오래라 불편한 줄 모릅니다."

퇴계 이황(1501~1570)은 조선 중기 대학자다. 경북 예안 태생으로
서른세 살에 과거에 급제한 뒤 대사성을 거쳐 형조·병조 참의와 공
조·예조 판서, 우찬성을 지냈고 사후 영의정에 추증됐다. 내로라할
만한 숱한 벼슬을 지냈음에도 불구하고 평생 학자의 자세를 잃지 않
은 채 검소하고 반듯한 생활로 일관해 중종, 명종, 선조 3대에 걸쳐
존중받았다.

『퇴계, 인간의 도리를 말하다』는 그런 그의 언행과 삶을 담은 학봉
김성일(1538~1593)의 『퇴계어록』을 쉽게 풀어쓴 책이다. 그가 정립
한 '이기이원론'의 바탕인 '이기(理氣)'란 무엇인지부터 마음가짐과

일상생활, 벼슬길에 나아가고 물러나는 도리(出處), 꺼려야 할 것을 분별하는 자세(別嫌) 등 스무 가지로 정리된 내용은 삶의 좌표를 잃고 허둥대는 우리 모두에게 과연 어떻게 살아야 할 것인지에 대한 분명한 지침을 제시한다.

그에 따르면 기(氣)는 사물을 형성하는 힘, 이(理)는 기를 이끄는 원리다. 이는 도리요, 기는 수단인 셈인데 수단이 도리를 이기면 안 된다는 게 그의 주장이다.

이가 기를 거느리면 마음이 고요해지고 생각이 하나로 모인다. 그러나 기가 이기면 마음이 마구 엉켜 끝 간 데 없이 흔들리고 헛된 상상이 몰려든다. 잡생각이 없을 순 없으니 끼어들 틈을 막아야 한다.

책에 비친 그는 부지런하고 효자였으며 형제 간 우애가 깊었다. 단정하고 깔끔했으며 조용하고 공손하며 너그러웠다. 사납고 거만하게 굴거나 화가 났다고 거칠어지는 법이 없었다. 말을 조심하고 음란한 것에 눈을 돌리지 않았다.

가장 놀라운 건 검소한 생활이다. 처가에서 재산을 받았지만 손도 안 댔다는 대목도 있다. 선생의 장인인 권질공이 서울 서소문 안쪽에 있던 집을 주려 했는데 선생은 받지 않았을 뿐만 아니라 그곳에서 지내지도 않았다. 아무리 하찮은 젊은이라도 이름을 놔두고 너라고 부르지 않았으며, 높은 자리에 있을 때도 부역이나 세금을 빼먹기는커녕 일반 백성보다 먼저 바쳤고, 의심받을 행동은 아예 하지 않았다는 대목도 있다.

도산정사 아래 발담이 있었는데 관청에서 고기잡이를 금지했다. 선생은 여름철이면 개울가에서 지냈는데 그곳엔 한 번도 가지 않았다. 남명 조식이 그 이야기를 듣고 웃으면서 "사람이 어쩌면 그리도 잔인한가. 하지 않으면 되지 피할 게 무언가."라고 하자 선생이 말했다. "남명이라면 마땅히 그렇게 하겠지만 나는 그러지 않겠다."

그는 또 고을을 다스릴 때 성심껏 도리를 다했을 뿐 이름을 날리고자 수를 쓰지 않았다. 징세는 가볍고 간략했으나 칭송에 연연해 백성들이 해야 할 일을 늘리거나 줄이지 않았다.

곁에 두고 어지러운 세상의 길잡이로 쓰고 싶은 책이거니와 툭하면 처갓집 핑계요, 불법과 탈세를 일삼고 인기에 연연해 온갖 포퓰리즘 정책을 남발하는 요즘 관리와 정치인들도 읽었으면 싶다.

기본에 충실한 습관이 천재를 만든다

『별난 컴퓨터 의사 안철수』
안철수, 비전, 1995

나는 다른 사람들이 생각하는 것처럼 천재는 결코 아니다. 어린 시절엔 무엇 하나 뚜렷하게 잘한다는 말을 들어 보지 못했다. 오히려 나는 공부나 운동 어느 것도 잘하지 못하고 너무나 내성적인 나 자신에 실망하면서 지냈다. 천재들의 이야기를 들을 때면 도저히 그들을 따라갈 수 없는 나 자신이 서글퍼지기도 했다.

『별난 컴퓨터 의사 안철수』는 스스로에 대해 이처럼 생각했던 안철수가 어떻게, 어떤 힘으로 의학 박사, 컴퓨터 백신 전문가, 벤처 기업인을 거쳐 미국 와튼스쿨 MBA, 카이스트 석좌 교수, 베스트셀러 저자가 됐는지 들여다보게 해 준다. 그의 대표적인 저서인 『CEO 안철수, 영혼이 있는 승부』보다 이 책을 더 좋아하는 이유다.

1995년에 펴낸 이 책에서 그는 자신의 성격과 생각, 의대 입학 및 졸업 과정, 컴퓨터 백신 프로그램 공개 이유까지 솔직하게 털어놓았다.

책에 따르면 그는 어린 시절 외톨이였다. 내성적인 데다 얼굴이 유독 하얗고 머리도 노란 편이어서 또래들에게 흰둥이란 놀림을 받은 통에 밖에 나가지 않고 혼자 지냈다는 것이다.

병원을 운영하는 집안의 장남으로 태어났지만 중학교 때까진 성적도 그저 그렇고 피만 봐도 겁이 나 의사보다 과학자가 되고 싶었다고도 한다. 그러나 고등학교 2학년 무렵 부모님의 사랑에 보답해야 한다는 생각에 마음을 바꿔 의대에 입학, 우수한 성적으로 졸업했지만 결국 기초의학인 생리학 쪽으로 전공을 바꾸게 돼 부모님께 죄송하다고 고백한다.

그는 자신의 특징 중 하나로 뭐든 기초부터 차근차근 시작하는 점과 집중력을 들었다. 바둑만 해도 그렇다. 의대 2학년 때 바둑을 처음 배우기로 마음먹고 나서 책을 쉰 권쯤 사서 읽은 후에야 기원에 갔다는 것이다. 컴퓨터와 의학 공부도 마찬가지.

기계를 사기 전에 책부터 봤다. 모르는 게 많아도 소처럼 읽어 나가다 보면 결국 통째로 이해할 수 있었다. 의대에서도 족보 대신 교과서만 봤다. 취미도, 본업도 기초부터 하다 보니 처음 한 단계 올라서는 데 남보다 많은 시간이 걸렸지만 나중엔 가속도가 붙었다.

책임감과 적응력도 장점으로 꼽았다. 서울에 온 후에 한동안 광화문에서 동대문까지 걸으며 골목골목을 죄다 들어가 봤더니 모르는 길도 점차 척척 찾게 되더란다. 결혼 후 아내가 양말을 아무 데나 벗

　　　　　　　　　　　　　　곁에 두고 싶은 책

어 던지면 어쩌느냐고 했을 때 당황했지만 곧 어머니가 다 치워 주던 시절은 끝났다는 사실을 깨닫고 알아서 치우게 되었다는 에피소드도 덧붙인다.

본과 1학년 때인 1982년 가을, 하숙집 친구가 가져온 애플컴퓨터에 반해 컴퓨터에 빠졌고, 연구 끝에 컴퓨터 백신 프로그램을 만들어 무료로 공개했지만 부작용도 적지 않았던 모양이다. 박사 논문 준비 등 개인 사정 때문에 백신 개정이 늦어지면 어김없이 상용화에 들어간다는 소문과 함께 항의가 쇄도했다는 것이다.

그렇지만 그는 자신의 생각을 이렇게 못 박았다.

칭찬과 비난을 포함해 남이 나를 어떻게 생각하느냐에 귀를 막으려 애쓰면서 내가 생각하는 값진 일에 최선을 다하는 것만 염두에 둔다. 누군가 내게 도움을 받았다는 이야기를 들으면 내게 끊임없이 도움을 주는 사람들을 생각하지 않을 수 없다. 결국 사회에서 맡은 자신의 자리를 충실히 지키며 사는 가운데 내가 남을 돕고 남이 나를 도우며 살아가게 돼 있는 것이다.

언제 봐도 가슴이 뭉클해지는 대목이다.

인생의 종점에서 다시 출발하다

『지금, 다시 시작할 수 있다』

김재우, 비전과리더십, 2011

1995년 말 퇴직 통고를 받았다. 젊음과 인생을 바쳐 일했던 곳에서 무방비 상태로 방출된 것이다. 그때를 떠올리면 아직도 가슴 한편에서 통증을 느낀다. 부사장에서 사장으로 승진하지 못해서도, 남 보기 창피해서도 아니다. 나가라고 하기 전에 떠나고 싶었는데 우물쭈물하다 내 인생의 주도권을 놓쳤기 때문이다.

베이비붐 세대의 퇴직이 시작됐다. 직장을 잃은 오십 대 남성의 현실은 참담하다. 모아 놓은 돈도, 오라는 곳도 없다. 일한답시고 밤낮없이 바깥으로 나돈 나머지 아이들은 남이나 다름없고, 아내와의 사이도 여의치 않다. 오십 대 초중반 남성의 자살률이 20년 전의 네 배로 늘었다는 사실은 이들의 비극을 전하고도 남는다.

책은 김재우 방송문화진흥회 이사장이 오십 대 초 직장을 잃고 겪었던 좌절과 분노를 딛고 제2, 제3의 인생을 시작, 고희를 눈앞에 둔

곁에 두고 싶은 책

지금까지 기업혁신 전도사와 한국코치협회 회장 등으로 활발하게 일하게 된 비결을 소개한다. 부제는 '인생 2막, 이제 내 길을 갈 때가 왔다.' 생생한 경험담은 도통 남의 얘기 같지 않다.

그는 서른일곱에 삼성그룹의 임원이 되었고 마흔다섯에 삼성항공 부사장으로 승진했다. "젊었을 땐 태평로 빌딩의 절반을 내가 올렸다고 할 만큼 자긍심도 있었다."는 정도다. 그러다 쉰둘에 내쫓겼으니 죽을 것 같은 기분이 들 수밖에. 하지만 1998년 워크아웃 대상 기업 벽산을 맡아 1년 만에 회생시킴으로써 구조조정 전문가로 변신했다.

벽산 사장을 맡았을 당시, 내 최대의 적은 이대로 끝날지도 모른다는 불안과 두려움이었다. 어떤 희생을 치르더라도 꼭 이기고야 말겠다는 절박함이 있었지만 그보다도 무조건 이겨낼 수 있다는 믿음이 필요했다. 내가 나를 신뢰할 때 직원들도 믿음을 갖게 될 것이었다. 1년 뒤 벽산은 내 믿음대로 살아났다.

그는 "퇴직은 버스 운전사로부터 '종점이니 내리라.'는 얘기를 듣는 것과 같다."고 말한다. 닥치면 누구나 어쩔 수 없이 내려야 한다는 것이다. 하지만 두려워하지도 거부하지도 말라고 이른다. 퇴직은 착륙이 아니라 새로운 이륙이며, 지금까지 남이 운전해 온 내 인생을 직접 운전할 수 있는 절호의 기회란 주장이다.

인생 2막을 열자면 무엇보다 스스로에 대한 부정적 인식에서 벗어나라고 조언한다. 우리 모두 내면에 엄청난 힘과 에너지를 지녔으면서도 자신에 대한 의심 때문에 망설이고 돌아선다는 것이다.

2년을 고민하고도 먼저 떠날 결심을 못했던 건 가장으로서의 책임감보다 나 자신에 대한 의심과 신뢰 부족 탓이었다.

변화와 위기 앞에서 떠는 이들에게 그는 2011년 미국 'PGA투어 플레이어스 챔피언십' 우승자인 최경주가 마지막 라운드 16번 홀에서 티샷 실수로 위험에 처했을 때 캐디 앤디 프로저가 최 선수에게 해준 말을 전한다.

긍정적으로 생각해요. 지금부터 무슨 일이 생길지 몰라요.

그렇다. 인생은 아무도 모른다. 어떤 일이 기다릴지. 기운 내시라!

여자로
살아간다는
것

여
성

"작가의 지혜가 끝나는 곳에서

우리의 깨달음이 시작되는 것이 독서다."

- 장 그르니에

위기의 순간에도 흔들리지 않는 삶

『**힐러리의 삶**』

칼 번스타인, 조일준 옮김, 현문미디어, 2007

어떤 결혼도 완벽할 순 없다. 그렇다고 포기하는 게 해결책은 아니다. 내게도 이혼이 아이에게 미칠 영향을 생각하며 혀를 깨물고 견뎌야 했던 순간들이 있었다.

궁금했다. 도대체 어떤 인물인가. 한 여성이 저토록 많은 기회를 얻은 비결은 뭘까. 『힐러리의 삶(A Woman In Charge: The Life of Hillary Rodham Clinton)』은 이런 물음에 답한다. 저자는 워터게이트 사건 보도로 퓰리처 상을 수상한 칼 번스타인. 그는 언론인답게 평범한 중산층 가정의 딸이 영부인을 거쳐 상원의원으로 대통령 출마 선언을 할 때까지의 과정을 고스란히 추적했다.

책에 따르면 힐러리 로댐 클린턴의 삶은 결코 행복했다고 말하기 어렵다. 부모의 사이는 좋지 않았고, 아버지 휴 로댐은 인색한 데다 칭찬이라곤 모르는 권위적인 인물이었다. 아이들이 치약 뚜껑을 열어 두면 창밖으로 내던진 다음 주위 오게 했다. 아무리 좋은 성적을 받아 와도 칭찬은커녕 더 잘하지 못했다며 나무랐다.

다행히 어머니 도로시는 온화하고 신중했다. 그는 남편의 학대에도 불구하고 끊임없이 자신을 계발하고 힘든 일이 생길 때마다 열정과 관심을 쏟을 만한 것을 찾아냈다. 힐러리에게도 삶에서 주연이 되려면 큰 소리로 의견을 말하고, 망설임 없이 목표를 추구하라고 일렀다. 무엇보다 혼란 속에서 평정을 유지하는 법을 가르쳤다.

무서운 아버지와 대찬 어머니 사이에서 힐러리는 일찍부터 정치에 대한 관심을 키웠다. 웰슬리 대학교 입학 초 한때 의기소침해진 적도 있었지만 곧 극복하고 학생회장에 출마했다. 예일 대학교 로스쿨에선 '법률과 사회적 행동에 대한 예일 리뷰' 편집위원으로 활동하고 빌 클린턴도 만났다. 고심 끝에 결혼했지만 결혼 후 빌은 끊임없는 외도로 힐러리를 괴롭혔다.

1988년 이혼녀 마릴린 조 젠킨스와의 스캔들은 최악이었다. 빌은 이혼하고 싶어 했으나 힐러리는 모른 척 거부했다. 다른 아픔도 있었다. 빌과 결혼하기 전 아칸소 주 변호사 시험엔 합격했지만 워싱턴에선 떨어졌다. 817명 중 551명이 합격한 시험이었다.

아칸소 최대 로펌인 로즈에서 일할 땐 뛰어난 능력을 발휘했는데도 주위의 험담에 시달렸다. 외모나 차림 면에서 감각이 없다는 이유에서였다. 하지만 그는 상대가 누구든 당당했고 위협당하는 법이 없었다. 남편인 빌 클린턴의 선거 캠프에서 활동할 때도 충고와 격려를 아끼지 않았고, "행사장에 사람이 부족했다."고 대놓고 말하는 등 빌이 절대 하지 않는 궂은일을 도맡아 했다. 그와 빌 클린턴은 동맹 관계였다.

백악관을 떠나기 전 상원의원에 출마한 그는 유권자들의 희망사항은 물론 감정을 상하게 할 만한 일까지 미리 조사하고 확인하는, 이른바 '듣는 유세'를 택했다. 상원의원이 된 뒤엔 백악관 시절 클린턴 대통령의 탄핵 결정에 표를 던졌던 의원들에게 먼저 손을 내밀었다. 힐러리의 대선 출마는 버락 오바마에 밀려 좌절됐지만 그는 오바마 정부에서 국무장관을 맡았다.

759쪽이란 방대한 분량의 내용 끝에 번스타인이 내린 결론은 이렇다.

힐러리는 고정관념이나 장애물에 위협받거나 억압당하지 않았다. 꼬리를 물고 이어진 위기에서 그녀를 받쳐 준 기둥은 신앙, 봉사와 그것에서 느낀 자존감, 내밀한 삶에 대한 간절한 욕망이다.

자신의 삶을 스스로 개척하고 싶은 이들, 특히 세상의 편견과 선입견에 맞서고 싶은 여성들에게 권하고 싶은 대목이다.

일말의 가능성에 도전, 또 도전

『칼리 피오리나, 힘든 선택들』
칼리 피오리나, 공경희 옮김, 해냄, 2006

> 서른 살. 여성이란 사실만으로 경쟁력이 없어 보일 수 있다는 생각을 처음 했다. 사람들은 외모를 보고 내 능력을 속단했다. 희롱당하고 유혹당한 적도 있었다. 편견을 깨트리지 않으면 존중받지 못할 터였다. 더 열심히 준비해야 했다. 20분 안에 상대에게 내가 어떤 일을 하고 있는지 잘 안다고 설득할 수 있어야 했다.

자서전이나 회고록의 내용을 곧이곧대로 믿긴 어렵다. 저자도 사람이니 감정이 작용했을 수 있고, 기억은 완벽하지 않은 탓이다. 칼리 피오리나의 『칼리 피오리나, 힘든 선택들(Tough Choices: A Memoir)』 역시 사실과 다르다 싶은 부분이 있을지 모른다. 그는 그러나 스물여섯 살에 AT&T(American Telephone and Telegraph Co.) 평사원으로 입사, 마흔다섯 살에 HP(Hewlett-Packard Company)의 회장 겸 최고 경영자(CEO)가 된 놀라운 인물이다.

책은 오너 가족도, 이렇다 할 배경을 지닌 것도 아닌 그가 무슨 수로 그처럼 성공할 수 있었는지, 여성 CEO로서 어떻게 행동하고 대처했는지 상세하게 전함으로써 일하는 여성, 특히 조직에서 성장하며 임원을 거쳐 언젠가 사장이 되기를 꿈꾸는 여성들에게 그 어떤 자기계발서보다 실질적이고 생생한 지침을 제공한다.

그는 줄곧 남다른 영역에 도전했다. "선택의 위험부담이 클수록 사람들에게 자신을 증명할 기회가 생긴다."고 조언하는 그는 정부 조달기관 응찰 중 경쟁자인 보잉사 임원의 비웃음과 성차별적 발언을 참지 못하고 울었던 일도 책 속에서 술회한다.

> 그는 "여자가 왜 이런 일을 하나. 아이나 갖지."라고 말했다. 피가 거꾸로 솟는 기분이었다. 그날 밤 오래 울고 나서 결심했다. 다신 사람들의 편견 때문에 울지 않겠노라, 내가 선택한 일을 할 수 없다거나 하면 안 된다고 믿는 사람이 많다 해도 그건 그들의 문제지 내 문제가 아니다. 그들이 다신 내게 상처를 입히지 못하게 하리라.

업무에 대한 구체적 조언도 곁들인다.

> 비즈니스에서 정말 시너지가 있는지 알려면 본사나 분석가들에게 물으면 안 된다. 영업직원들에게 물어보면 금세 안다. 혼란과 추측을 피하기 위해 의사소통 내용은 반드시 문서로 보완해야 한다.

HP 회장 노릇은 처음부터 쉽지 않았던 모양이다.

경영진은 정부 관료들이 새로 임명된 정치적 인물을 의심하듯 내게 의심을 품었다. 얼마나 버티나 두고 봐야지란 식이었다. 예상보다 훨씬 상황이 고될 것 같았다. 하지만 첫날을 견디고 살아남아야 일에 착수할 수 있다.

그 첫날을 견디고 5년여 동안 HP를 이끌었다. 컴팩 합병 등의 문제로 대주주와 부딪친 끝에 2005년 초 사임했지만 그는 세계 20대 기업 최초의 여성 CEO로서 지구촌 수많은 여성의 역할 모델이 됐다.

성공과 좌절을 모두 맛본 그의 결론은 분명하다.

멈춰 서 있는 건 위험하다. 배우기를 멈춘 사람은 때를 맞기 전에 늙는다. 적응과 배움을 멈춘 기업은 희미해지고 다시는 과거의 영광을 얻지 못한다. 한계나 불평등에 갇히기보다 가능성에 초점을 맞춰야 더 큰 성취를 이룬다.

발전적인 공존의 몇 가지 방법들

『기업과 섹슈얼리티』
세어 하이트, 이경미 옮김, 굿모닝미디어, 2002

질문하라.

얘기하는 동안 상대에 대한 부정적인 태도를 지니지 말라.

자신의 업무를 잘 알고 거기에 열중하고 있다는 걸 알려라.

함부로 판단하지 말라.

직장 동료와의 관계를 순탄하게 만들기 위한 지침 네 가지다.

인사담당자 70퍼센트가 채용 시 여풍을 실감한다는 마당이다. 필기시험 상위는 대부분 여성이라 면접 점수로 남녀 합격 비율을 조정해야 할 지경이라고도 한다. 문제는 채용 이후다. 직장 내 여성 비율은 물론 관리직 여성 비율 또한 급증하는데도 남녀의 성 역할에 대한 사회적 통념 때문에 여성은 물론 남성도 혼란스러워 한다.

많은 남성들이 전통적으로 남성의 영역이었던 곳에 여성이 들어오면 골치 아플 거라고 여긴다. 여성이 남성을 제치고 승진하면 자존심에 상처를 입는다. 여성은 여성대로 "여성은 남성보다 두 배는 열심히 일해 자신을 증명해 보여야 한다."거나 "여성은 최고의 진가를 발휘할 수 없으면 차라리 집에 있는 게 낫다."고 말한다.

남성과 여성은 친구가 될 수 없다, 여성의 승진 뒤엔 능력 외에 또 다른 요인이 있음에 틀림없다는 편견에 사로잡혀 있는 이들도 적지 않다. 게다가 대중매체는 낡아 빠진 고정관념을 끊임없이 확대재생산한다. 여성 리더는 고약하거나 위험천만한 유혹자로, 남성은 넉넉한 인품에 중재 능력도 뛰어난 인물로 그려 내는 것이다.

여성은 통제력을 행사하고자 할 때마다 금기를 깨는 건 아닌지, 공격적이고 독단적으로 비춰져 거부당하는 건 아닐까라는 두려움에 빠진다. 남성은 그런 두려움이 있는지조차 모른다. 여성이 직장에서 성취하는 업적은 상당 부분 의도적으로 무시된다.

10여 년 전 미국도 똑같았던 모양이다. 책은 여성 인력 급증에 따른 직장 내 역학 관계 변화에 어떻게 대처할 것인가라는 물음에서 출발한다. 원제는 '섹스 & 비즈니스(Sex & Business)'. 발칙한 상상을 가능하게 하는 제목과 달리 내용은 더없이 진지하다.

저자 셰어 하이트는 1976년 『여성의 성에 관한 하이트 보고서』로 전 세계를 충격에 빠트렸던 젠더 문제 전문가다. 당시 아무도 소리 내 말하지 못하던 여성의 성(性) 문제를 과감하게 끄집어낸 그는 사 반세기가 지난 2000년에 펴낸 이 책에서 "이젠 성역할에 대한 철 지난 통념을 극복하고 남녀가 서로의 장점을 끌어안아야 할 때"라고 말한다.

곁에 두고 싶은 책

글로벌 기업 열 곳에 대한 설문조사를 바탕으로 쓴 이 책에서 그는 직장 내 성 차별에 관한 문제점 나열을 넘어 남녀가 한 직장에서 공존하기 위해 알고 실행해야 할 구체적인 방안을 제시한다. '여성과 일하기 위해 남성이 알아야 할 것들', '남성과 일하면서 여성이 알아야 할 모든 것', '여성끼리 일하는 법'까지.

삭제하고 입력해야 할 마음속 소프트웨어, 그것을 바탕으로 한 훈련법, 필요한 지침으로 나눠 제시한 의식 전환법은 국내 모든 직장에서 당장이라도 적용 가능해 보인다.

여자들의 속내를 파악하라

『여자가 당신에게 말하지 않는 절반의 진실』

메리 로우 퀸란, 정경호 옮김, 엘도라도, 2011

입을 닫고 끝까지 들어 보라. 여성의 의견을 반영하고 그들의 입장을 배려하면서 끝없이 되돌아가 보라.

"말하지 않는데 무슨 수로 그 속을 아느냐."고 답답해 하는 남성(마케터)들에게 주는 저자의 답이다.

여성은 전 세계 제품 및 서비스의 85퍼센트를 구매하거나 그에 상응하는 영향력을 미친다. 여성이 진짜 원하는 게 뭔지 알아내기만 하면 대박은 시간문제다. 그러나 여성은 말과 행동이 다르다. A제품이 정말 마음에 든다면서 B제품을 구매하고, C가게가 최고라면서 들르진 않고, TV 광고를 극찬하면서 물건은 거들떠보지도 않는다.

왜 그럴까. 여성은 남의 생각과 자기 생각을 조율하면서 살기 때문에 겉으로 하는 말은 '절반의 진실'이라는 게 이 책의 주장이다. 저자 메리 로우 퀸란은 30년간 블루칩 고객을 컨설팅해 온 마케팅 전문가다. 그는 오늘날 사업의 성패는 여성의 속마음 읽기에 달렸다고 단언한다. 여성의 행동심리를 모르고 겉말에 의존했다간 실패하기 딱 좋다는 얘기다.

대표적인 예로 중년여성 전문 매장 '포스 앤 타운(Forth&Towne)'을 꼽았다. 포스 앤 타운의 기획 동기는 단순했다. "적합한 브랜드가 없다.", "좁은 탈의실에서 열여덟 살짜리한테나 맞을 법한 옷을 입어야 한다."라고 불평하는 이들의 말에 솔깃했던 것이다. 나이에 걸맞은 스타일과 사이즈, 쾌적한 탈의실을 갖추고 시작한 포스 앤 타운은 그러나 얼마 지나지 않아 문을 닫았다.

그는 포스 앤 타운 사례의 원인을 가장 중요한 질문을 빠뜨린 탓이라고 지적했다. '몇 살쯤으로 보이고 싶은지' 물었어야 했다는 것이다. 오십 대 대부분이 "서른다섯쯤"이라고 답했을 테고 이에 맞춰 최신 감각과 편안함이 어우러진 매장을 열었어야 했다는 분석이다.

절반의 진실을 믿었다 혼난 건 유니레버도 마찬가지. 2000년대 초 도브는 비누로 대표되던 브랜드를 스킨케어로 확장시키겠다는 포부 아래 '진정한 아름다움 캠페인'을 시작했다. '정직한 화장품 광고의 시작'이란 지지와 찬사가 쏟아졌지만 실적은 엉망이었다. 엄청난 돈을 퍼부은 2005년에 12.5퍼센트였던 성장률은 2007년 1.2퍼센트로 떨어졌다. 2008년엔 쉰 살 이상의 모델을 내세운 '프로 에이지'를 출시했지만 그 결과 역시 참담했다.

프록터 앤 갬블(P&G)의 전략은 달랐다. '올레이'는 원래 평범한 브랜드였지만 1980년대 후반 '난 우아하게 늙기 싫다. 나이와 싸우겠다'는 슬로건을 내걸었다. 1990년대엔 '성형수술 대안'이란 콘셉트로 마케팅, 프로 에이지의 도전을 물리쳤다. 완전한 진실은 "있는 그대로 아름답다."가 아니라 "실제보다 낫게 보이고 싶다."였던 것이다. 연간 70억 달러의 뷰티 시장이 형성되는 이유다.

그는 완전한 진실을 파악하자면 '선의의 다짐(Good Intentions), 공감 추구(Approval Seeking), 순교 정신(Martyrdom), 자존심 보호(Ego Protection), 비밀 유지(Secret Keeping)'라는 여성의 다섯 가지 특성(GAMES)을 알아야 한다고 조언한다. 그래야 제품 개발과 광고, 마케팅은 물론 인간관계에서도 성공할 수 있다는 것이다.

곁에 두고 싶은 책

여성 고객을 잡는 맞춤 전략

『클릭! 이브 속으로』

페이스 팝콘·리스 매리골드, 김영신 옮김, 21세기 북스, 2001

여성은 브랜드를 사는 게 아니라 브랜드를 통한 관계, 문화, 경험을 산다. 남성 위주의 전통적 전략으론 여성에게 접근할 수 없다. 여성에 대한 이해 없는 마케팅, 여성의 특징에 주목하지 않는 기업은 생존하기 어렵다. 기업은 두 가지다. 이런 사실을 깨닫는 곳과 그렇지 못한 곳. 후자는 머지 않아 브랜드 지배력을 송두리째 잃게 될 것이다.

페이스 팝콘이 『팝콘 리포트(The Popcorn Report)』에 이어 내놓은 『클릭! 이브 속으로(EvEvolution: The Eight Truths of Marketing to Woman)』에서 펼친 주장이다. 근거는 여성의 경제력 향상이다. 그에 따르면 미국 여성은 소비재의 80퍼센트, 자동차와 개인용 컴퓨터의 50퍼센트를 직접 사들인다. 주식 투자자의 48퍼센트가 여성이고 맞벌이 가정 중 22.7퍼센트에서 아내의 수입이 남편 수입보다 많다. 자산 60만 달러 이상 세대 중 40퍼센트의 가장이 여성이다. 여성 창업자는 남성의 두 배다.

10년 전 상황이니 지금은 더하면 더했지 덜하지 않을 것이다. 추세에 관한 한 우리 역시 크게 다르지 않다.

팝콘은 1974년 컨설팅 전문기업 브레인리저브(BrainReserve)를 설립한 뒤 유명 기업 컨설팅을 담당하는 한편 생명공학자, 요리사, 정치 지도자등 6000명의 전문가로 구성된 탤런트뱅크를 바탕으로 미래 예측을 통한 트렌드를 제시해 왔다.

대표 저서인 『팝콘 리포트』에서 그는 21세기 트렌드로 험난한 세상을 피해 자신만의 공간에서 안락함을 추구하려는 '코쿠닝(cocooning, 누에고치)', 분에 넘치는 명품을 갖고 싶어 하는 '작은 방종', 자신을 세상의 중심으로 생각하고 싶어 하는 '에고노믹스', 젊고 아름다워지고 싶어 하는 '회춘 현상' 등 열여섯 가지 현상을 제시해 화제를 불러일으켰다.

『팝콘 리포트』가 일반적인 현상에 대한 보고서였다면 『클릭, 이브 속으로』(원제 EvEolution은 Eve와 Evolution의 합성어)는 여성 고객을 사로잡기 위한 구체적 방안을 담은 실천서에 가깝다. 팝콘은 이 책에서 여성의 진화는 제품과 서비스의 개발·판매·유통 방법을 모두 바꿀 것이라며 기업이 미래 전략 수립을 위해 반드시 알아야 할 여덟 가지 트렌드를 내놓았다. 남녀의 차이에 주목해 이끌어낸 그의 제언은 결코 복잡하지 않다.

연결 — 친구를 만들어 줘라.
일인다역 — 여성의 아흔아홉 가지 생활을 지원하라.

예측 — 여성의 마음을 한발 앞서라.
관찰력 — 시선이 닿는 모든 곳을 점령하라.
편한 생활 — 걸어서든 뛰어서든 그녀에게 가라.
브랜드 물려주기 — 엄마가 쓰면 아이도 쓴다.
공동양육 — 함께 키우는 브랜드가 되어라.
투명한 브랜드 — 아무것도 숨기지 마라.

여성의 브랜드 추천 가능성은 남성보다 세 배 높다는 것. 그러니 여성 공동체를 구축하고 지원하라고 조언한다. '예측 — 한발 앞서라' 편에선 이렇게 말한다. "여성은 뭐든 '그걸 꼭 말로 해야 하느냐.'고 생각한다. 여성 고객의 96퍼센트는 불만을 토로하지 않는다. 그저 다시 찾지 않거나 험담한다."

"브랜드를 사는 사람은 순간의 고객이지만 브랜드에 동참하는 사람은 평생 고객"이니 공동양육에 힘쓰고, 절대 속이지 말라고 얘기한다. 여성의 눈은 엑스레이 같아서 숨길 수 없다는 것이다.

팝콘의 주장은 간단하다.

삶과 비즈니스를 바꾸고 싶으면 여성의 눈으로 생각하고 보라.

드라마나 영화에서가 아니라 조만간 실제 여성 대통령이 탄생할지 모른다. 남성 중심의 관료 사회가 여성 중심으로 바뀔 날 또한 멀지 않았다. 말로는 "여자들 세상"이라면서 속으론 '무슨, 지들이…….'라고 비아냥거리는 이들일수록 귀 기울여야 할 대목이 아닐 수 없다.

조선 최고 기생의 날카롭고 무거운 일침

『나, 황진이』
김탁환, 푸른 역사, 2006

세상엔 자기를 완성시켜 가는 인간과 자기를 파괴시켜 가는 인간이 있습니다. 시간을 따라 늙는다는 건 자신의 삶을 앙상하게 만드는 결과를 낳지요. 한순간의 만족도 허락해선 안 됩니다. 여유를 포기하고 자신을 몰아쳐야지요. 외롭다구요. 물론 외로운 길입니다. 힘겹다구요. 물론입니다. 성인의 경지를 논하지 않더라도 자신을 믿기는 쉽지 않지요.

16세기 시인 황진이의 말은 배반의 세월에 지쳐 주저앉고 싶은 이들에게 "정신 차리고 일어서라."고 다그친다. 『나, 황진이』는 내용과 형식 모두 독특하다. "자신의 한계를 돌파하기 위해 혼신의 힘을 쏟은 한 인간의 눈물겨운 투쟁과 무거운 성찰"을 그려 내고 싶었다는 작가는 황진이를 한낱 글재주나 자랑하던 기생이 아닌, 10년 동안 화담(花潭) 서경덕의 문하를 지킨 지식인으로 되살렸다.

게다가 오랜 통설을 뒤엎는 이런 해석을 위해 각종 사료(史料)와 시문(詩文)을 찾아 600여 개의 주석을 붙였다. '소설과 역사의 포옹'이란 색다른 부제가 붙은 이유다.

글은 스승 서경덕이 세상을 떠난 후 쉰 줄에 접어든 황진이가 같은 문하생이었던 허태휘에게 적는 회고록 형태를 띤다. 허태휘는 화담의 제자이자 허균과 허난설헌의 아버지 허엽이다. 태휘는 자(字).

나(황진이)는 출생부터 기생으로서의 삶, 연인 이사종 및 이생과의 만남과 이별, 지족선사와 서화담에 얽힌 풍문까지 모두 해명한다. 가장 많은 건 새끼할머니(작은 외할머니) 진백무와 어머니 진현금 및 외숙부에 대한 부분. 새끼할머니는 춤에 뛰어난 송도의 행수 기생, 어머니는 맹인이었으나 송도 제일의 현수(絃首, 고을 관아에 속한 기생의 우두머리), 외삼촌은 학문에 능한 아전이었다.

저자는 황진이가 연모하다 죽은 서생 때문에 기생이 됐다는 사실이 턱없는 낭설이라고 일갈한다. 실제로는 걸음마를 시작할 무렵부터 가야금을 익히는 등 일찍부터 기생 수업을 받았다는 얘기다. 열여섯에 관기가 된 후 솜씨가 소문나면서 큰돈을 만졌다는 그는 노래와 시 실력을 쌓은 과정과 함께 거상(巨商)을 상대한 이유도 밝힌다.

평생 돈을 벌기 위해 최선을 다한 것이 어찌 비난받을 일이겠습니까. 돈이든 시문이든 춤과 노래든 범인이 감히 넘보지 못할 수준에 올랐다면 배울 바가 적지 않지요.

한양 제일의 소리꾼 이사종을 만난 건 스물여섯, 새끼할머니를 여의고 관기를 그만둔 뒤였으며, 6년 만에 헤어진 건 천포창(매독)에 걸린 어머니를 살려 보려 애쓰다 전 재산을 날린 다음이었다고 털어놓는다. 그러다 이생을 만나 유랑하면서 온갖 험한 일을 겪지만 사내는 정승 반열에 오른 아버지가 위독하다는 핑계로 떠나갔다며 씁쓸해 한다.

책 속 황진이는 또 지족선사와 서화담에 관한 얘기는 사대부들이 지어 낸 터무니없는 거짓이라고 항변한다. 서경덕 문하에 든 건 지족선사의 꼿꼿함보다 뜻에 반하는 이들까지 품는 화담의 넉넉함에 공감했기 때문이라는 것이다. 잊힌 우리말과 고풍스런 한자어를 발견하는 덤도 있는 이 책엔 이런 말도 보인다.

물러나 살피는 것이 반드시 나쁘지만은 않습니다. 길 위에서 보내는 시간이 결코 헛되지 않음을 훗날 긴 유랑을 마치고 난 후에야 알았답니다. 편안한 곳에서 깨달음을 얻을 수도 있겠으나 변하면서 흔들리고 위험이 도사린 곳에서 얻는 깨달음이야말로 다양한 변주가 가능하니까요.

'외모 지상주의'의 역사와 대안

『예쁜 여자 만들기』
이영아, 푸른역사, 2011

> 함경도 여성은 튤립 같은 고아한 맛은 있지만 아기자기한 매력은 없고,
> 영남 여성은 모란같이 육감적이며, 평안도 여성은 해당화처럼 아담스럽
> 고 섬세한 미를 가졌다.
> —안석영

'아름다움은 권력'이라는 요즘이다. 눈만 뜨면 산지사방에서 "예뻐져야 한다."고 속삭이고 협박한다. 연예인은 물론 정치인, 기업인, 학자 할 것 없이 누구나 "예쁘냐, 안 예쁘냐"로 구분된다. 이 땅에 사는 여성치고 V라인과 S라인의 압박에서 자유로운 사람은 없다. 무시하고 살겠다는 사람도 어떻게든 편승해 덕을 보겠다는 사람도 힘들긴 마찬가지다.

이 책은 극심한 외모 지상주의 현상의 원인과 더불어 이런 세상에서 어떻게 살아가야 할지를 일러 준다. 서울대학교에서 국문학 박사

를 취득하고 건국대학교 몸문화연구소에 재직 중인 저자는 근대여성문화사 연구를 통해 한국 여성의 외모 강박증이 근대 이후 국가와 자본이라는 거대 권력에 의해 생겨났다고 밝힌다. 외모로 인한 불안이나 자책감이 여성 개인의 탓이 아니란 얘기다.

저자는 한국에서 아름다운 여자의 기준이 새로 만들어진 시기를 1920년대로 봤다. 여성의 몸에 대한 사회적 관심이 대두된 건 구한말 개항 직후인 1900년대 초. 그러나 "위생 관리와 운동에 힘쓰고 외출하라." 같은 당시의 조언은 여성 자신을 위한 게 아니라 국가를 위해 건강한 아이를 낳도록 하기 위한 홍보성 문구의 일종이었다는 것이다.

그러다 1930년대에 양장이 일반화되면서 남성 지식인 사이에서는 '예쁜 여자의 기준 전파'를 사명인양 여기며 여성을 품평하는 일이 번졌다고 꼬집는다. 유선형(S라인) 몸매를 위한 정보가 넘친 것도 이때였다.

> 젊은 여성들은 가슴패기 아래가 쑥 들어가 등에 착 붙은 듯이 보이는데 중년 부인네를 보면 배가 불룩 나와 있고 허리 근처 선이 밋밋해 보기 흉합니다. 외국 부인들은 다음과 같은 미용체조로 배에서 허리에 이르는 선을 고르게 하도록 노력합니다. 정면으로만 체경에 비춰 보아선 소용없습니다. 옆으로도 비춰 보아 어디고 선이 밋밋한 듯하거든 얼른 이 체조를 시작해 보십시오.
>
> —조선일보, 1938년 1월 27일자

곁에 두고 싶은 책

그는 당시 예쁜 여성들이 행복했느냐 하면 "그렇지 않았다."고 말한다. 미모 경쟁에서 승리한 여성이 남성 중심 사회의 문턱을 넘어서기 쉬웠던 건 사실이지만 그 이후 겪어야 했던 남성들의 욕망과 경멸의 이중적 시선은 그들의 정체성을 끊임없이 흔들었을 뿐만 아니라 근거 없는 자책감과 수치심까지 강요했다는 것이다.

1940년대에 들어 여성들은 다시 건강해질 것을 요구받는다. 2차 대전 탓이다. 이처럼 여성의 몸은 국가 권력으로부터도 자유롭지 않다. 그렇다면 여성들은 언제까지나 이런 식의 수동적 존재에 머무르는 걸까. 지금까지의 대안은 두 가지였다. 꾸미지 않겠다는 '미적 금욕주의'와 당당하게 꾸미겠다는 '도취적 나르시시즘'이 그것이다.

저자는 둘 다 근본 대안이 되기 어렵다며 그보다는 현재의 미적 기준을 떠나 아름다움의 형태를 다원화시키는 노력, 곧 n개의 아름다움을 찾아 숭고한 차원으로 끌어올리는 일이 필요하다고 강조한다. 예쁘고 예쁘지 않고를 떠나 모든 여성들이 이 일에 동참할 때 뿌리 깊은 가부장제 질서의 균열을 이끌어 낼 수 있으리란 얘기다. 공감과 행동은 독자의 몫이다.

알면 득이요,
모르면 실

경 제 · 경 영

"책을 잃어버리는 걸 달가워할 사람은 아무도 없다.
차라리 반지나 시계, 우산 따위를 잃는 편이,
다시는 읽지 않더라도 낯익은 제목만으로도
우리가 과거에 누렸던 감정을 일깨워 주는
책 한 권을 잃는 것보다 훨씬 낫다."

- 카를로스 마리아 도밍게스, 『위험한 책』

경제의 기본을 명쾌하게

『토드 부크홀츠의 유쾌한 경제학』

토드 부크홀츠, 이성훈 옮김, 리더스북, 2009(초판 김영사, 1997)

국민이 건강한 경제 지식을 갖고 있을수록 정치인이 보다 나은 선택을
하게 된다.

경제는 어렵다. 경제학은 더 어렵다. 살아가는 데 있어 중요한 분
야이기 때문에 기본적인 개념과 원리라도 제대로 파악해 둬야 한다
는 건 알겠는데, 경제학 책은 펼쳐 드는 순간부터 머리가 지끈거리
기 일쑤다. 아무리 숫자로 시작해 숫자로 끝나는 게 경제라지만, 도
표와 수식투성이인 데다 설명 또한 대부분 복잡하고 난해해 이해하
기 힘든 까닭이다.

『유쾌한 경제학(From Here to Economy: A Shortcout to Economic Lit-
eracy)』은 그런 괴로움을 덜어 주는 책이다. 저자 토드 부크홀츠는 캠
브리지 대학교와 하버드 대학교 로스쿨을 나와 조지 H. W. 부시 대통
령 시절 백악관 경제 담당 자문위원을 지낸 경제학자 겸 칼럼니스트

이자 하버드 대학교 명강사다. 소설도 발표한 이력을 갖고 있는 저자의 글 솜씨 덕일까, 책은 경제학 문외한도 부담 없이 읽을 수 있다.

　구성은 일반 입문서와 크게 다르지 않다. 1장 거시경제학에선 경기 순환과 인플레이션, 실업 문제 및 적자 재정과 통화정책 등을 다루고, 2장 미시경제학에선 시장의 움직임 및 그 분석에 필요한 요소들(기업 간 경쟁과 정부의 규제, 한계 이론과 탄력성, 광고·환경·교육 등)에 대해 설명한다. 3장은 국제 경제, 4장은 모두가 궁금해 할 법한 개인 투자와 주식등을 소개한다.

　　경제학은 선택의 학문이다. 너나 할 것 없이 더 잘살기를 바라지만 주어진 자원은 제한돼 있다. 아담이 사과를 한 입 베어 먹은 순간 이후 사람들은 계속 골머리를 앓아야 했다. 땅에다 채소를 심을 것인가, 가축을 기를 것인가. 세금을 낮추겠다는 후보를 찍을 것인가, 정부 지출을 늘리겠다는 후보자에게 표를 던질 것인가.

　답을 얻으려면 복잡한 경제 현상을 분석할 수 있어야 한다고 저자는 말한다. 그래야 경기가 급변할 때 속수무책으로 당하지 않을 수 있다는 것이다. 예를 곁들인 풀이는 쉽고 간결하다. 실업보험과 복지가 실업률을 올린다는 대목만 해도 그렇다.

　　미용사 M은 시간당 7200원을 번다. 실직하면 정부에서 3960원을 받는다. 일을 하면 세금 18퍼센트와 사회보험료 7.5퍼센트를 떼이니 실제 소득은 5350원이다. 놀면 사회보험은 내지 않아도 되므로 3240원을 손에

곁에 두고 싶은 책

쥐는 데다 교통비도 들지 않는다. 결국 실업보험이 실업자를 두 배 가까이 늘린다.

인플레이션에 대한 해설도 명료하다.

인플레이션은 정치 구조를 흔든다. 화폐가치가 껌 값이 된 사실을 알게 된 시민들은 통치자를 껌 같은 존재로 여긴다. 누진세 제도 하에선 인플레이션으로 임금이 올라도 실질소득은 줄어든다. 명목임금이 올랐다는 이유로 더 많은 세금을 내야 하기 때문이다. 사람들은 점점 가난하다고 느낄 뿐만 아니라 실제로도 가난해진다.

그는 또 국가 부채에 하등의 책임도 지지 않는 정치인들의 요구와 주장으로 재정 적자가 커지면, 그 고통은 고스란히 다음 세대에 전가될 것이라고 적었다.

미래의 미국 아기들은 현재 젊은 근로자들이 내는 세금보다 70퍼센트 이상 더 내게 될 것이라 한다.

10여 년 전 미국 상황인데 지금의 우리 사정과 놀랄 만큼 닮았다. 투자 위험을 최소화하면서 수익을 올리자면 인덱스펀드가 괜찮다는 팁도 제시한 그의 한마디는 경제 공부의 필요성을 다시 한 번 일깨운다.

'관리'가 아닌 '관계'로 소통하라

『소비의 미래』

다비트 보스하르트, 박종대 옮김, 생각의 나무, 2001

소비는 커뮤니케이션이다. 마케팅도 커뮤니케이션이고 광고, 상표, 상거래 역시 커뮤니케이션이다. 우리가 살면서 어떤 문제에 부딪힌다면 그것은 모두 커뮤니케이션에서 비롯된 것이다. 결국 해결책도 더 나은 커뮤니케이션에서 찾을 수밖에 없다.

『소비의 미래(Die Zukunft des Konsums)』는 이처럼 소통의 중요성을 강조하면서 시작된다. 저자 다비트 보스하르트는 스위스 고틀리프 두트바일러 연구소 대표이자 철학박사. 유행 및 소비 분석을 통한 경제·사회 연구의 대가로 꼽히는 그는 '21세기 시장 트렌드'를 알기 위해서는 고객의 마음을 고객보다 먼저 읽고 적절히 대처해야 한다고 말한다.

책에 따르면 현대는 주체와 객체가 따로 없는 포스트모던 소비 사회다. 소비자는 생산자로부터 공급된 상품을 무조건 수용하던 과거의 수동적 위치에서 벗어나 자신의 성향과 욕구에 맞는 상품을 요구한다. 인터넷과 여행이 초래한 정보화 및 세계화는 모든 사람을 법 아닌 소비 앞에서 평등하게 만들었다. 부자건 아니건 좋은 상품과 안전한 소비를 원한다.

전자 유토피아는 기술, 가격, 서비스 모두 비슷한 공급 과잉 시대를 만들었다. 소비자는 자신이 진짜 원하는 게 뭔지 알지 못하고 선택 또한 합리적이지 않다. 저자는 따라서 옛 방식으론 더 이상 소비자를 파악할 수 없다고 본다. "가격이 최상의 무기다, 고객은 상품과 가격을 산다, 고객은 합리적이다."라는 명제는 환상에 불과하다는 것이다.

좋은 상품을 제공하는 것만으론 충분하지 않다. 생산자와 마케터는 고객의 감성과 꿈, 고객 자신도 표현하지 못하는 세계를 찾아 제시하고 설득하고 몸 달게 해야 한다. 마케팅의 키워드는 고객 관리가 아니라 고객 관계다. 받은 명함을 기계적으로 분류, 관리하던 데서 나아가 고객별 기호를 체크하고 개인적 관계를 넓혀야 한다.

그는 미래 시장에서 성공하려면 소비자를 감성적으로 세분화하라고 조언한다. 같은 업종이라도 스릴, 흥분, 폭력을 위한 시장과 고독, 명상, 여유를 위한 시장, 과중한 요구와 짐을 덜어 주는 시장으로 나누어 접근하라는 것. 또한 앞으로 마케팅의 핵심은 배고픔이나 갈증 같은 기본적 욕구보다 행복, 소속감, 차별화 같은 감성객 세계에 대한 동경임을 강조한다.

예를 들어 요식업자라면 일상적인 음식을 음악, 컬트, 향수, 열대 같은 고객의 갈망을 담은 메뉴로 바꿔야 한다는 말이다. 소비재 문화를 가로지르는 팝의 힘, 스포츠 시장과 여행객으로서의 삶에도 주목하라고 조언한다. 그러나 그는 과잉 시장에서의 마케팅과 커뮤니케이션에서 가장 중요한 가치는 신뢰, 특히 상품이나 상표보다 '인간'에 대한 신뢰라고 강조한다.

무한 경쟁 시대에 살아남아 번창하기 위한 또 한 가지 조건으로 "급변하는 고객의 취향에 맞춰 재빨리 변신 가능한 날렵한 구조"를 꼽은 그가 기업과 기업인에게 던지는 한마디는 의미심장하다.

상품(서비스)은 사회를 이해하는 가장 중요한 기호 체계다. 사회 구조에 대해 뭔가 알고 싶은 사람은 소비자 독해력과 미디어 독해력을 지녀야 한다.

곁에 두고 싶은 책

빈곤 해결의 실마리

『필립 코틀러의 Social Marketing』
필립 코틀러·낸시 R. 리, 양세영 옮김, 2011

공통의 목표에 동의하라, 역할과 책임을 분명히 하라, 서로 존중하고 감
사하라, 협상하고 타협하라, 소통하라, 책임 체계를 구축하라, 결과를 측
정하고 보고하라.

저자가 내놓은 빈곤 퇴치 프로그램의 효율적 운영에 필요한 공공,
비영리, 민간 부문의 성공적 파트너십 원칙이다. 빈곤 퇴치를 위한
지침이지만 들여다보면 국가와 기업 등 모든 조직을 제대로 운영하
기 위해 필요한 원칙과 다르지 않다.

가난 구제는 나라님도 못한다고 한다. 정말 그런가. 빈곤과 황폐
한 삶을 해결하는 건 인류의 능력 밖인가. 헐벗고 굶주린 채 살아가
는 사람들은 꿈도 야망도 없는 데다 게으르고 무식해서 그렇게 살
수밖에 없는 건가. 마케팅의 구루(guru)로 불리는 저자, 미국 노스웨
스턴 대학교 켈로그 경영대학원 석좌 교수 필립 코틀러는『필립 코

틀러의 Social Marketing(Up and Out of Poverty)』"그렇지 않다."
고 잘라 말한다.

　빈곤은 주로 전쟁, 자연재해, 인종주의, 차별, 무지, 일부의 탐욕 탓
이고, 문제 해결 또한 어렵지만 공공 부문과 민간 부문 곧 정부와 기
업, 시민단체가 힘을 모으고 마케팅적으로 접근하면 성과를 거둘 수
있다는 것이다. 물론 상황은 좋지 않다. 인구의 40퍼센트가 넘는 30억
명이 하루 2달러도 벌지 못하는 게 현실이다.

　빈곤은 백신으로 해결할 수 있는 전염병이 아니다. 빈곤은 소아마비보
　다 당뇨병에 가깝고, 외부 환경에 좌우되며 개인별로 처치도 달라야 하
　는 만성적 질병이다. 그렇지만 이대로 둘 순 없다. 가난은 더 이상 가난
　한 사람만의 문제가 아니기 때문이다.

　지금까지 제시되고 실시된 빈곤 퇴치법은 경제 성장, 소득 재분배,
해외 원조, 인구 증가 통제 등 네 가지다. 그러나 어느 것도 이렇다 할
성과를 내지 못하는 게 사실이다. 경제 성장은 극단적인 빈곤층을 감
소시키지 못하고, 소득 재분배는 세금 증가에 따른 기업가 정신 위축
및 투자 감소를 불러온다.

　대규모 해외 원조 역시 실효성은 약하고 지속적이기 어렵다. 게다
가 자립 의지를 줄여 빈곤을 대물림시킨다. 식량 배급 역시 농민에게
타격을 주거나 정작 가난한 이들에게 혜택이 돌아가지 않는 부작용
을 일으킨다. 지난 50년 간 실시된 23조 달러의 해외 원조가 자이르
나 수단, 파키스탄의 독재자 손아귀에 들어갔다는 소식도 들린다.

그러니 이젠 가난한 이들의 재활 의지에 초점을 맞춘 사회적 마케팅(Social Marketing)에 주목해야 한다는 것이 이 책의 주장이다. '사회적 마케팅'이란 빈곤 문제 해결 및 사회 복지 증진을 위해 교환 이론, 시장 세분화, 경쟁 같은 마케팅의 원리와 기법을 적용하는 것이다. 저자는 2006년 록스타 보노가 시작한 '레드(RED) 프로젝트'를 예로 든다.

레드 프로젝트는 상품에 빨간 딱지를 붙여 주고 세계기금 모금에 동참하도록 유도하는 일이다. 프로젝트에 참가한 아메리칸 익스프레스, 애플, 델, 모토로라, 갭의 경우 매출은 늘어나고 직원 만족도도 올라갔다. 사회적 마케팅이 브랜드 이미지와 고객 충성도를 높인 결과다.

기업의 사회적 책임은 더 이상 선택이 아니라 필수다. 마케팅 담당자는 물론 전문 경영인과 오너 모두 꼼꼼히 읽어 볼 만하다.

사람이 곧 경영이다

『경영』
프랑크 아르놀트, 최다경 옮김, 더숲, 2011

목표를 분명히 하라.
단순화하라.
버릴 줄 알라.
변화를 두려워하지 말라.
실행하라.

사람에 관한 책은 늘 흥미롭다. 성공한 사람, 자기 분야에서 정상의 자리에 오른 사람의 얘기를 다룬 것은 더하다. 최고를 다룬 책은 무엇이 그들(혹은 조직)을 승리자로 만들었는지 들여다볼 수 있게 해 준다. 사례는 많을수록 좋다. 성공의 요소는 단순하지 않고, 사람(혹은 조직)에 따라 적용 가능한 대목도 다양한 까닭이다.

'최고들로부터 배우는 62가지 경영의 절대지식'이란 부제가 붙은 『경영(Management: Von den Besten lernen)』은 사람을 통해 경영 비법을 전수하는, 흔치 않은 책이다. 저자 프랑크 아르놀트는 개인과 조직 할 것 없이 역사에 한 획을 긋자면 경영에 대해 알아야 한다고 말한다. 경영에 대한 지식과 경영 능력이 있어야 목표를 달성하고 성공할 수 있다는 것이다.

그러나 그는 경영 지식과 능력을 어렵고 복잡한 이론에서 찾지 않고 사람에게서 찾는다. 지혜의 상징인 솔로몬 왕과 현대 의학의 시조 히포크라테스부터 발명가, 과학자, 기업가, 정치가는 물론 작곡가, 화가, 가수에 이르기까지 인구에 회자되는 인물 예순두 명을 통해 최고가 되는 데 필요한 핵심 요소들을 쉽고 간단하게 풀어낸다.

맥도널드 창업자 레이 크룩과 음료 '레드불'을 만든 디트리히 마테쉬츠의 경우를 통해 창업의 필수 조건인 변화 예측의 중요성에 대해 설명하는가 하면, 말썽쟁이 스타 패리스 힐튼을 예로 들어 미디어 활용의 필요성을 강조하는 식이다. 적절한 인용과 구체적인 예는 짧은 분량에도 불구하고 개인별 특성과 핵심을 한눈에 파악하게 돕는다.

레드불을 위한 시장은 없다는 걸 알고 있다. 그래서 레드불을 위한 시장을 만들려고 한다.
—**마테쉬츠**

2007년 AP통신은 중대한 결정을 내렸다. 일주일 동안 패리스 힐튼에 대해 보도하지 않기로 한 것이다. 스물여섯 번째 생일파티도, 스캔들도, 새로운 향수 출시 사실도 무시했지만 운전면허를 압수당하자 방침을 포기했다.

경영을 크게 조직 경영, 혁신 경영, 인재 경영으로 구분한 그는 또 잭 웰치와 마돈나를 통해 변화와 혁신의 힘에 대해 말한다. "외부의 변화 속도가 내부의 변화 속도를 추월하면 이미 종말이 다가온 것이다."라는 잭 웰치의 말을 인용하는 한편, 마돈나의 성공은 1983년 데뷔 이래 끊임없이 새로움을 창조한 결과라는 주장을 편다.

스물한 살에 첫 특허를 딴 후 1200개의 특허를 얻고도 여든한 살에 다시 또 특허를 획득한 에디슨에게선 끈기와 노력을, 레퍼토리를 늘리기보다 몇몇 작곡가의 작품에 주력한 결과 훗날 모든 곡을 잘 다뤘던 지휘자 카라얀에게선 선택과 집중의 효과를 끄집어낸다. 빌 게이츠와 앤디 그로브, 루 거스너, 나폴레옹과 피카소의 특성 역시 놓치지 않는다.

수많은 사례 끝에 그가 제시하는 효율적인 경영의 구체적인 실천 방법은 다섯 가지다.

목표와 그 의미를 명확히 한 다음, 한 가지 일에 집중하고, 일정표를 작성하며, 수행 방법을 정의한 뒤, 추진 능력을 강화하라.

곁에 두고 싶은 책

지금을
바로·보기
위하여

과
학
·
역
사

"우리 유년의 나날들 가운데,
우리가 살지 않고 그냥 비워 보냈다고 생각하는,
그렇지만 좋아하는 책 한 권과 함께 보낸 날들만큼이나
충만하게 살아낸 시간도 없을 것이다."
– 프루스트, 『모방과 혼성』

의도에 의한 진화의 역사를 파헤친다

『판다의 엄지』

스티븐 J. 굴드, 김종광 옮김, 세종서적, 1998

뇌의 크기로 여성을 열등한 존재로 만들려는 온갖 노력은 헛수고였다. 나는 인간의 특정 집단에 생물학적인 평가를 가하려는 모든 기도에 대해 실로 터무니없는 중상모략이란 이름표를 달아 주고 싶다.

창조냐, 진화냐? 세계적인 천체물리학자 스티븐 호킹은 2009년 출간한 『위대한 설계(The Ground Design)』에서 "우주는 신이 창조하지 않았다."고 주장해 인류와 우주 탄생을 둘러싼 종교와 과학 간 오랜 논쟁에 다시 기름을 끼얹었다. 그에 따르면 "빅뱅(우주를 창조한 대폭발)은 신이 아닌 중력의 법칙에 의해 발생했다."는 것이다.

논란의 핵심은 신의 존재지만 실제 싸움은 진화론에 대한 입증과 반박으로 이어진다. 진화론이란 무엇인가. 우리가 알고 있는 진화론에 대한 지식은 극히 단편적이다. 영국의 생물학자 찰스 다윈이 『종의 기원(On the Origin of Species by Means of Natural Selection)』에서 주창한 것으로 "모든 생물은 생존에 더욱 적합한 쪽으로 변화, 발전한다."는 게 요지란 정도다.

그러나 진화의 요인과 과정을 둘러싼 학설은 수없이 많고, 진화론에서 파생된 이론과 주장 또한 부지기수다. 『판다의 엄지(Panda's Thumb: More Reflections in Natural History)』는 간단하지 않은 진화론을 누구든 쉽게 이해할 수 있도록 도와 주는 책이다. 저자인 스티븐 J. 굴드(1941~2002)가 과학자로선 놀랍도록 뛰어난 칼럼니스트였던 까닭이다.

굴드는 미국 뉴욕 태생으로 안티오크 대학을 거쳐 1967년 컬럼비아 대학교에서 고생물학 박사 학위를 받고 하버드 대학교에서 강의를 하면서 《내추럴 히스토리》라는 잡지에 과학 칼럼을 연재했다. 1972년 닐스 엘드리지와 함께 진화란 목적을 위해 점진적으로 이뤄지는 게 아니라 한순간 생태계의 평형이 깨지는 데 따른 것이란 단속평형설을 발표하기도 했다.

그는 "진화는 진보가 아니라 다양성의 증가"라고 강조한다. 대표적인 예가 판다의 엄지다. 판다의 엄지는 사람의 엄지처럼 다른 손가락과 마주 보게 돼 있는데 자세히 살펴보면 다섯 손가락의 엄지가 아닌 별개의 손가락이라는 것이다. 원래 엄지를 바꾸는 게 불가능하자 손목뼈를 확장시켜 엄지처럼 사용하게 만들었다는 얘기다.

이밖에도 책은 흥미로운 내용으로 가득하다. '미키마우스에게 보내는 생물학적 경의'는 갈수록 어려진 미키 마우스의 외모 변화를 통해 미국 캐릭터 산업과 미키의 질긴 생명력이 어디에서 비롯되는지 알려 준다. 악동으로 태어난 미키가 착한 시민으로 바뀌면서 얼굴과 신장에 비해 눈과 머리가 큰 유아처럼 변했다는 것이다.

 '인류 최고의 사기극 필트다운인'이라는 제목이 붙은 내용에서는 조금만 주의를 기울였으면 금세 알 수 있었을 가짜 두개골 파편이 현생 인류 최고(最古)의 유물로 둔갑한 일이 실은 프랑스보다 더 오래된 인류 조상 흔적을 갖고 싶었던 영국인들의 과욕 때문이었음을 밝힌다. 이를 통해 굴드는 과학을 정치적으로 이용하려 들었던 세력들을 비판한다.

 '넓은 모자와 편협한 마음'에선 뇌의 무게에 따른 지능 차이를 제시함으로써 인종 및 남녀 차별주의를 입증하려 들었던 두뇌계측학의 터무니없음을 꼬집고, '다운 증후군'에선 다운증후군 환자들이 극히 적은 예를 제외하곤 아시아인과 닮았다는 사실을 들어 오랫동안 이들을 '몽고 백치'로 불렀던 일의 잘못을 묻는다.

 몽고 백치는 단지 비방에 그치는 게 아니다. 그것은 모든 면에서 잘못된 명칭이다. 다운증후군이 있는 아이들은 약간의 예외적인 경우가 있긴 하지만 대체로 아시아인과 그다지 닮지 않았다.

 흔히 객관적이라고 여겨지는 과학 지상주의에서 비롯되는 편견이나 인간 중심주의의 폐해를 비판한 그의 지적은 두고두고 기억할 만하다.

자식을 지키는 사명감으로 지구 보살피기

『위기의 지구』

앨 고어, 이창주 옮김, 삶과 꿈, 2000 (초판 1993)

사람은 결심할 때까지 주저하게 마련이고 그러다 보면 기회는 뒷걸음질
친다. 모든 앞서가는 행동엔 하나의 진리가 있고 이것을 무시하면 무수
한 아이디어와 훌륭한 계획이 허사가 된다. 그 진리란 사람이 단호하게
결심하는 순간 신의 뜻도 따른다는 것이다.

—W. H. 머레이, 스코틀랜드 등산가

2011년 봄 한국엔 일조시간이 평년의 73퍼센트밖에 안되는 이상
저온 현상이 계속됐다. 여름엔 폭염과 폭우가 이어졌다. 브라질에선
이상 한파로 동사자가 속출하고 미국 캘리포니아엔 폭염주의보가 내
려졌다. 기상이변의 정확한 원인은 알 수 없다. 석유 등 화석연료 사
용이 만들어 내는 온실가스 증가 및 그에 따른 지구 온난화가 주요
인이라는 게 통설이다.

『위기의 지구(Earth in the Balance)』는 이와 같은 자연환경 파괴의 위

험을 다룬 책이다. 저자 앨 고어는 스물여덟 살에 하원의원이 된 후 상원의원을 거쳐 1992년부터 8년간 미국 부통령을 지냈다. 2000년 대선 패배 요인으로 환경 문제를 들고 나온 게 꼽혔는데도 2007년 『불편한 진실(An Inconvenient Truth)』을 펴내고 동명의 다큐멘터리 영화에 출연했으며, 이런 공로로 그해 노벨 평화상을 수상했다.

『위기의 지구』는 이보다 훨씬 앞선 1992년에 펴낸 책이다. 이 책에서 그는 정계 입문 전 저널리스트로 활동한 이력을 보여 주듯 방대한 내용을 쉽고 설득력 있게 풀어낸다. 단순히 자연이 망가져 "큰일 났다."가 아니라 공기와 물 토양이 얼마나 나빠졌는지, 그 결과가 어떻게 나타나고 있는지 직접적인 탐사와 통계를 이용해 꼼꼼하고 정확하게 전달한다.

고어는 1980년대부터 세계 곳곳을 탐사했다. 1988년 늦가을엔 남극에서, 1991년 봄엔 북극의 얼음 위 텐트에서 잤다.

지구 끝에서 관측하고 있으면 대기가 얼마나 급격히 변하는지, 어느 곳에서 공해 배출량이 늘어나는지 한눈에 보인다. 이산화탄소 수치가 급증하고 기온이 오르면서 극지의 얼음 두께는 얇아지고 툰드라 밑 지온도 상승한다.

그는 양극이 적도보다 빠른 속도로 따뜻해지면 양쪽의 온도차가 줄어들고 대류 열량이 줄어들면서 기상 이변을 가져온다고 지적한다. 화석연료 사용은 일산화탄소를 증가시켜 대기의 자체 정화 시스템을 없앤다며 온난화는 기온을 몇 도 올리는 정도의 위협이 아니라 인류 문명을 이룩한 기후 평형을 파괴하는 위협이라고 말한다.

식물의 종자(씨)가 급감하는 데 대한 우려도 밝힌다.

생물공학은 높은 수확과 잎병충해에 대한 저항력도 갖는 변종을 만들어 낸다. 그러나 변종은 재빨리 진화하는 자연의 적을 이길 수 없다. 따라서 인공작물의 유전적 저항력은 몇 년마다 다른 품종의 새로운 유전자로 강화돼야 하는데 이 같은 유전자는 야생에 존재할 뿐이다.

기상 변화는 과학적 근거 없이 과장된 정치적 문제라는 미국 매사추세츠 공과대학교(MIT) 리처드 린젠 교수의 주장에 대해선 이렇게 반박한다.

98퍼센트의 과학자가 동의하고 2퍼센트가 반대해도 매스컴에선 둘의 신빙성이 같은 것으로 보도된다. 그러나 2퍼센트와 일반적 컨센서스가 대등하게 다뤄지는 건 곤란하다. 무지보다 더 위험한 건 잘못 아는 것이기 때문이다.

그는 지구를 지키는 일은 더 이상 어물어물할 수 있는 일이 아니라며 원칙은 찬성하되 행동은 뒷걸음질 치는 데서 하루 빨리 벗어나야 한다고 강조한다. 영화 「러브 스토리」의 실제 주인공에서 불륜에 따른 이혼으로 이미지를 구긴 고어지만 그렇다고 이 책의 가치가 덜해지진 않는다.

왜 과학의 역사를 알아야 하는가

『우리가 미처 몰랐던 편집된 과학의 역사』

퍼트리샤 파라, 김학영 옮김, 21세기북스, 2011

전쟁은 20세기를 특징 짓는 거대 과학의 발전을 가속화했다. 거대 과학의 동력은 돈(Money), 인적자원(Manpower), 기계(Machines), 군대(Military), 대중매체(Media)의 5M이다. 다섯 개의 M은 서로 긴밀하게 협력했다. 전쟁과 국방에 과학이 어떤 가치를 지니는지 깨닫게 된 각국 정부는 군사 프로젝트에 필요한 장비를 만드는 데 엄청난 돈과 인적자원을 쏟아부었다.

구체적인 예도 등장한다.

2차 세계대전 중 처칠은 러시아를 탈출한 생화학자 하임 바이츠만을 영국 해군본부에 배치했다. 아이디어를 구한다는 회람을 본 바이츠만은 폭탄 제조에 필요한 아세톤을 생산할 수 있다고 말했다. 바이츠만은 대량생산이 가능하도록 설비를 확장하고 아세톤 원료인 마로니에 열매 수집 총책이 됐다. 시온주의자였던 바이츠만은 그 대가로 팔레스타인에

유대인 나라를 세울 수 있도록 지원해 줄 것을 요구했다.

『우리가 미처 몰랐던 편집된 과학의 역사(Science: A Four Thousand Year History)』라는 제목에서 짐작할 수 있듯이 책엔 이처럼 우리가 알지 못했던 사실, 널리 알려진 것과 다른 내용이 수두룩하다. 저자 퍼트리샤 파라는 케임브리지 대학교 클레어컬리지 선임교수로 과학사와 철학을 강의하는 여성 학자다. 물리학을 전공한 뒤 과학사(史) 박사가 된 그는 이 책에서 과학의 기원부터 세계 곳곳에서 발달한 기술의 상호작용, 과학과 정치, 경제, 산업의 연관성까지 꼼꼼히 살핀다. 뿐만 아니라 유럽 중심적이고 남성 위주였던 기존 과학사에 의문을 제기한다.

그는 또 흔히 위대한 과학자는 정교한 실험과 논리적 추론, 때로는 번뜩이는 상상력에서 영감을 얻으며 자연의 비밀을 풀고 절대 진리를 향해 나아갔다고들 생각하지만, 실은 실수하고 경쟁자를 짓밟는가 하면 과학이 지겨워 다른 일을 기웃거린 일도 비일비재했다고 밝힌다. 뉴턴은 전문 물리학자와는 거리가 먼 연금술사이자 신학자, 혜성 연구가였고, 갈릴레오는 선동가였다는 것이다. 떨어지는 사과를 보고 중력을 발견했다는 건 주위 사람들에 의해 포장된 얘기에 불과하다는 설명이다.

생명공학의 기초가 된 왓슨과 크릭의 나선형 DNA 구조 발견 또한 알고 보면 여성 과학자 로잘린드 프랭클린의 연구를 슬쩍한 것이란 지적도 있다. DNA 구조에 대한 움직일 수 없는 증거는 1952년 5월

로잘린드 프랭클린이 찍은 송아지 흉선 엑스레이 사진이었는데 왓슨은 모리스 윌킨스가 유출해 준 이 사진에서 결정적 실마리를 얻고도 모른 체했다는 것이다.

또 그는 같은 맞춤약도 대상에 따라 개발돼 시판되는 시간에 상당한 차이가 난다고 꼬집었다.

1957년 미국은 월경불순 치료 명목으로 피임약을 승인했다. 반세기가 지난 오늘날 매일 7000만 명 이상이 피임약을 복용한다. 여성을 위한 피임약은 상용화되기까지 40년이 걸린 데 비해 비아그라는 거대 제약회사들의 자금력에 힘입어 불과 몇 개월 만에 심사 기관을 통과했다.

그는 4000년에 걸친 과학사를 정리하면서 뛰어난 과학적 업적은 야누스의 얼굴을 지닌다고 말한다. 살충제 개발로 식량 생산은 증가하고 기아는 줄었지만 자연의 먹이사슬은 파괴됐고 온난화는 지구를 위협하고 있다는 것이다. 그러면서도 이 방대한 책을 내놓은 데 대한 그의 변은 우리가 왜 과학에 대해 알아야 하는지에 대한 물음의 답으로 충분하다.

과거를 돌아보는 이유는 우리가 어떻게 이 자리에 와 있는지 보여 주는 동시에 보다 나은 미래를 얻기 위한 것이다.

지나친 욕망, 사치를 재조명하다

『사치와 문명』

장 카스타레드, 이소영 옮김, 뜨인돌, 2011

사치는 주관적이고 매혹적인 것이다. 사치의 근원엔 파스칼이 정의한 세 가지 욕망이 내재돼 있다. 권력과 지배에 대한 욕망인 도미난디, 자신이나 남을 위해 보다 나은 물건을 얻으려는 욕망인 카피엔디, 감각과 관능에 대한 욕망인 첸티엔디가 그것이다.

『사치와 문명(Luxe et civilisations: Histoire mondiale)』의 저자 장 카스타레드는 사치가 인류 문명을 이끌었다고 본다. 사치는 실용성에 앞서는 데다 본능적이기 때문이라는 이유다. 사치는 실제 경제 성장과 중앙집권화된 정치 조직에 기반을 둔다. 왕정이 확고해지면 궁정은 화려해진다. 사치는 혁신과 교류 증대에 기여한다. 사치는 예술이며 산업이다.

적절한 사치는 문명의 자극제 역할을 하지만 과도하고 무분별한 사치는 타락과 낭비를 불러 문명의 쇠퇴를 초래한다. 역사를 봐도 사치는 문명의 전환점에 정점을 찍었다. 그리스의 페리클레스, 로마의 아우구스투스, 프랑스의 루이 14세 시대가 대표적이다.

　책은 프랑스 국립행정학교(ENA) 출신의 경제학자 겸 역사학자인 저자가 사치의 진정한 의미를 일깨우고자 기울인 노력의 산물이다. 그는 바빌론의 공중정원, 이집트의 피라미드, 아테네의 판테온, 로마의 콜로세움 같은 건축물부터 파라오와 솔로몬의 호사까지 인류가 꾼 꿈의 흔적이자 인간의 잠재력과 위대함을 전하는 각종 사치품을 추적했다.

　왕들의 사치는 놀랍다. 파라오는 금은 식기를 사용했고, 다윗과 솔로몬 왕은 순금 왕좌에 앉았으며 알렉산더 대왕은 순금 침대에서 잤다. 그리스에선 팔과 겨드랑이 털을 뽑은 후 향수를 뿌렸고, 로마에선 화장품으로 얼굴을 돋보이게 하는 코스메티케와 결점을 감추고 수정하는 코모티케 두 가지를 함께 사용했다. 로마의 재무상 카토(BC 234 ~149)는 결국 옷과 장신구 마차에 세금을 신설했다.

　기원 후 세계 곳곳의 문명이 만들어 낸 사치의 특성도 분석했다. 타지마할로 대표되는 인도의 사치는 조화롭고, 알함브라 궁전에 나타난 이슬람식 사치는 세련미가 넘치며, 잉카는 경이롭고 아프리카는 마술적이며, 중국은 철학적, 일본은 절충적이란 식이다.

　끝으로 저자는 한때 세계 명품 브랜드 매출의 30~40퍼센트를 차지했던 일본 소비 시장의 내면을 들여다보고, 사치 산업의 새로운 시장이자 거점으로 떠오른 BRICs(브라질·러시아·인도·중국)의 흐름도 전한다. 러시아에선 억만장자가 속출하면서 희귀한 것을 넘어 유일한 것을 찾고, 중국 또한 세계 명품시장을 휩쓸고 있다는 것이다.

사치와 문명의 관계에 대한 길고도 집요한 추적 끝에 그가 내린 결론은 간단하다. 사치란 이솝이 말한 혀와 같다는 사실이다. 가장 좋은 것이자 가장 나쁜 것이란 얘기다. 문화가 없는 사치는 결국 폐허만 남긴다는 그의 마지막 한마디는 비싼 게 좋은 것이란 생각에 사로잡힌 이들을 질책하는 동시에 위로한다.

사치의 본질은 아름다움과 선함에 대한 숭배, 창조물에 대한 경의, 다른 사람에 대한 사랑과 존중, 제대로 만든 물건과 작품에 대한 사랑이다. 사치는 육체와 본능의 욕망이 아니라 마음과 정신의 요구다. 사치는 돈을 얼마나 썼는가가 아니라 우리가 얼마나 풍요로워졌는가라는 기준으로 판단돼야 한다.

알고 웃자!

『**웃음의 과학**』
이윤석, 사이언스북스, 2011

웃음은 NK세포 등 각종 면역 물질과 스물한 가지 호르몬을 방출시킨다. 코미디 프로그램을 본 사람의 NK세포는 3.9퍼센트 활성화되고, 교양 프로그램을 시청한 사람의 NK세포는 3.3퍼센트 감소했다. 같은 영화라도 「라이언 일병 구하기」를 본 집단의 혈류량은 35퍼센트 감소하고, 「해리가 샐리를 만났을 때」를 본 쪽의 혈류량은 22퍼센트 증가했다.

박사 코미디언 이윤석의 웃음 분석서다. '개그맨이 쓴 책이니 재미있겠지.' 싶어 집어 들었다간 '어이쿠' 하기 십상이다. 웃기는 비법이나 연예계 뒷담화와는 거리가 먼, 웃음에 대한 진지한 과학 탐구서인 까닭이다. 책은 가벼운 구어체 문장이나 우스갯소리로 키득거리게 만드는 대신 몰랐던 사실을 알아 갈 때의 흐뭇함과 즐거움으로 미소 짓게 한다.

저자는 1993년 MBC 개그콘테스트를 통해 데뷔한 이래 꾸준히 활약, 현재 KBS TV '남자의 자격'에 출연하고 있는 현역 연예인이다. 바쁜 생활 틈틈이 학업에 매진해 중앙대학교에서 언론학 박사 학위를 받고 서울예술전문학교 교수(방송연예학부장)로 제자 교육에 힘을 기울이고 있는 걸 보면 비실이 혹은 약골이란 별명은 겉으로 드러난 이미지일 뿐인 모양이다.

그의 부지런함과 성실함, '웃기는 사람'으로서의 직업과 학업에 대한 열정은 책에서도 고스란히 드러난다. '진화생물학과 진화심리학을 근간으로 뇌과학, 사회심리학, 발달심리학, 의학이 지금까지 설명해 낸 웃음의 모든 것을 담았다.'는 카피처럼 웃음의 기원과 본질, 역할에 관한 세계 각국 학자들의 연구 결과와 사례가 총망라돼 있다.

책에 따르면 미소와 웃음은 안전의 확인에서 시작, 장구한 세월에 걸쳐 진화한 사회적 신호다. 서로 긴장과 스트레스를 풀고 믿고 즐거운 마음을 나누자는 표시란 말이다. 웃음은 여자, 유머는 남자의 것이란 연구 결과도 제시된다. 유치원에서 초등학생까지는 남자 63퍼센트, 여자 82퍼센트가 미소 짓고, 중학생부터 대학생까지는 남자 50퍼센트, 여자 75퍼센트가 미소 지었다는 것이다.

남자가 농담할 땐 여자 71퍼센트가 웃었지만 여자가 농담할 땐 39퍼센트만 웃고 여성 화자(話者)가 남성 청자(聽者)보다 126퍼센트 더 웃었다는 사례도 있다. 상대의 웃음을 제대로 파악한 경우가 남자 76퍼센트, 여자 67퍼센트였다는 점을 들어 여성이 남성의 거짓 미소에 속을 가능성이 크다고 말하는가 하면, 지위가 높은 사람이 유머나 농담을 더 많이 한다는 '유머의 하향성'도 밝힌다.

진짜 웃음은 '뒤센 미소(프랑스 심리학자 기욤 뒤센에서 비롯)', 가짜 웃음은 '팬아메리카나 미소(항공사 승무원 웃음에서 따옴)'라고 불린다는 것도 알려 준다. 가짜 웃음은 입만 움직이고, 진짜 웃음은 입과 눈이 함께 움직인다는 것.

미소 지으며 물어본 사람에겐 70퍼센트, 그냥 물어본 사람에겐 35퍼센트만 길을 알려줬다. 웃음은 열다섯 개의 안면근육을 동시에 수축시키고 우리 몸의 650개 근육 중 231개를 움직임으로써 신진대사를 활발하게 한다.

웃음은 또 통증을 줄이고 아토피성 피부염, 다이어트에도 효과가 있다고 나와 있다. 건강과 행복에 이르는 가장 빠르고 쉽고 효과적인 방법은 자주, 크게, 더불어 웃는 것이란 얘기다.

역사는 집념과 포기, 우연의 산물

『광기와 우연의 역사』
슈테판 츠바이크, 안인희 옮김, 휴머니스트, 2004

하나의 기적 혹은 기적 같은 일이 이루어지려면 먼저 이 기적을 믿는 한 사람이 있어야 한다. 후회한다고 잃어버린 순간이 되돌아오진 않는다. 그것은 역사나 한 인간의 삶에서나 마찬가지다. 소홀히 한 한 시간은 천 년을 주고도 되살 수 없다.

괴테에 따르면 역사란 "신의 신비스런 작업"이다. 에라스무스, 발자크, 마젤란 등 불멸의 업적을 이루고도 당대엔 조명받지 못하고 외롭게 스러져 간 인물들에 주목했던 츠바이크의 해석은 더욱 구체적이다. 역사는 다름 아닌 '광기와 우연의 산물'이란 것이다. 광기라고밖엔 표현할 길 없는 개인의 열정과 집념에 믿기 힘든 우연이 더해져 만들어지는 게 역사란 주장이다.

츠바이크의 『광기와 우연의 역사(Sternstunden der Menscheit)』에 따르면, 동로마제국 최후의 보루 비잔틴이 무너진 건 세계의 수도를 차지하겠다고 맹세한 마흐메트 2세의 집요함에 마지막 전투 중 누군가 성의 쪽문을 닫지 않은 기막힌 일이 일어나서요, 헨델의 「메시아」는 음악의 거인이 생을 포기하기 직전 읽은 이름 없는 시인의 편지 덕이요, 대서양 해저케이블은 유럽과 미국의 소리를 잇겠다는 한 사내의 무모하기 그지없는 무한 도전에서 비롯됐다는 것이다.

　현장을 생중계하는 듯한 특유의 문체는 흥미진진하고, 방대한 자료를 기초로 한 내용은 엄청난 양의 지식과 정보를 전달한다.

　　비평가는 조소하고 관객은 무심했다. 헨델은 점점 더 움츠러들었다. 창작의 물결이 막혔다. 템즈 강 다리 위에 서서 검게 빛나는 물살을 내려다보곤 했다. 신과 인간에게 버림받았다는 이 고독의 두려움에서 벗어날 수 있다면.

　　헨델의 운명은 그러나 1741년 8월 21일 밤 바뀌었다. 구겨서 바닥에 내동댕이치고 발로 팍팍 밟았던 제닌스의 시(詩)를 집어 들어 읽는 순간 그는 하데스(저승)에서 되살아났다.

"위안 받으라!" 그것은 말이 아니라 신이 주는 답이었다. 구름으로 뒤덮인 하늘에서 의기소침한 마음에 던져 준 천사의 격려였다. 위대한 오라토리오 「메시아」는 그로부터 불과 삼 주만인 9월 14일에 완성됐다.

　미국 뉴펀들랜드에서 아일랜드까지 이어지는 해저케이블 설치에 성공한 사이러스 필드의 얘기는 인간 의지에 한계가 있는 것인가라는 생각을 갖게 하기에 충분하다. 필드가 대서양에 두 대륙을 잇는 케이블 설치 작업을 시작한 건 1857년 8월 5일. 첫 시도는 물레에 감긴 전선이 빠져서, 1858년 6월의 두 번째 시도는 폭풍 때문에 실패로 돌아갔다.

같은 해 8월 작업은 성공한 듯했다. 영국과 미국의 언론은 컬럼버스 이후 최대의 업적이라고 대서특필했다. 그러나 또렷하게 들리던 소리는 9월 1일 뚝 끊겼다. 환호의 파도는 악의에 찬 분노로 바뀌어 필드를 향했다. 실패한 걸 알았으면서도 모른 척 엄청난 차익을 남기고 주식을 처분했다는 것도 모자라 대서양 전보는 한 번도 가동된 적이 없다는 소문까지 났다.

필드는 하지만 그 모든 비난과 모략에 개의치 않고 1865년 다시 대들었다. 거듭된 실패에도 불구하고 이듬해인 1866년 7월 다섯 번째로 도전해 마침내 성공함으로써 인류 역사에 굵고도 진한 획을 그었다.

마흐메트 2세, 헨델, 나폴레옹, 도스도옙스키, 톨스토이, 스콧, 레닌 등 15~20세기 역사적 인물의 성공과 실패를 다룬 끝에 츠바이크가 전하는 목소리는 크고 또렷하다.

기적을 이루고 싶다면 먼저 그것을 믿어라. 때를 놓치지 말고 대들고, 절대 포기하지 말라.

나와 너,
관계와 삶을
조율하다.

자
기
계
발

"우리가 읽는 책이, 주먹으로 머리를 치는 것처럼
정신이 번쩍 들게 만들지 못하는 것이라면,
우리는 무엇 때문에 책을 읽는가?"
- 프란츠 카프카

권력은 생존의 문제다

『권력의 기술』

제프리 페퍼, 이경남 옮김, 청림출판, 2011

사람들은 실패하면 상처받을까 두려운 나머지 지레 포기하는 경향이 있다. 권력을 얻지 못했을 경우 능력 부족이 아니라 선택이라고 둘러대기 위해서다. 권력을 가지려면 남이 나를 어떻게 생각할지에 신경 쓰지 말고 자신의 한계를 극복하는 일에 힘써야 한다.

권력은 호감을 창출한다. 권력을 가지면 유명해지고 조직과 사회를 변화시킬 수 있다. 건강과도 직결된다. 영국 런던 대학교 공중보건학 교수 마이클 마멋은 영국 공직자를 대상으로 조사한 결과 직급이 낮을수록 특정 연령대의 심장 질환 사망률이 높았다며 흡연과 식습관 등을 감안해도 의사결정권과 재량권 여부가 수명에 영향을 미친다고 보고했다.

이 책은 권력을 어떻게 얻고 유지할 수 있는지에 대해 툭 까놓고 전한다. 원제는 '파워(The Power: Why some people Have It and Others

Don't)'. 미국 일리노이 대학교와 UC버클리 대학교를 거쳐 현재 스탠퍼드 경영대학원(석좌교수)에서 조직행동학을 강의하는 저자 제프리 페퍼는 권력 획득을 위한 대전제로 두 가지를 꼽았다. "권력을 우습게 알지 말라."와 "세상이 공정하다는 생각을 버리라."는 것.

그의 조언은 무섭도록 냉정하되 실질적이다. 권력을 외면한 채 주어지는 것에 만족해선 아무것도 얻을 수 없다. 조직에서 경쟁은 피할 수 없으며 승리하려면 권력의 원리를 이해하고 쟁취하고자 노력해야 한다. 실력이나 실적이 성공을 보장해 주지 않는다. 실력이 있으니 권력에 야합하지 않아도 된다거나 실적이 노력을 대변할 것이란 생각은 엄청난 착각이다.

현실은 결코 호락호락하거나 공평하지 않다. 권력 투쟁은 본질적으로 제로섬 게임이다. 공동의 승리란 없다. 경쟁자 중엔 규칙을 어기거나 심지어 완전히 무시하는 사람도 있다. 기막힌 행태를 보면서 불평만 늘어놓거나 세상이 달라지기만을 바라지 말라. 세상은 공정하고 노력한 만큼 대가를 얻을 수 있다고 다들 믿고 싶어 하지만 그렇게 생각하면 두 가지 문제가 생긴다.

첫째, 모든 상황 특히 스스로 혹은 자신을 좋아하지 않는 사람에게서 뭔가 배울 기회를 잃는다. 둘째, 권력의 기반을 다지는 데 필요한 준비를 제대로 할 수 없다. 곳곳에 지뢰처럼 산재한 위험을 간과하게 된다는 얘기다. 세상은 공정하지 않다는 사실을 받아들여야 모든 상황에서 뭔가 얻어 낼 수 있으며, 보다 신중하고 용의주도한 태도를 취할 수 있다.

곁에 두고 싶은 책

원하는 자리를 차지하려면 신중하게 생각하고 치밀한 전략을 세워야 하며 탄력적이고 기민하게 대응하는 자세가 필요하다. 인내심을 갖고, 능력을 인정하지 않는 사람들의 냉소적 시선도 견디고 이겨 내야 할 뿐만 아니라 견고한 대인관계를 구축해야 한다.

　페퍼는 또 세상이 공정하다는 바탕 위에 세워진 구태의연한 리더십을 경계하라고 말한다. 『좋은 기업을 넘어 위대한 기업으로』의 저자 짐 콜린스는 리더십 유형을 다섯 단계로 제시하고 마지막 5단계의 중요성을 강조했지만 성공한 CEO는 그것과 거리가 멀다는 지적이다. 5단계는 "자신을 내세우지 않고 조용하고 겸손하며 수줍기까지 한 리더"지만 현실에서 그런 사람은 찾아보기 힘들다는 것이다.
　"권력을 얻고 행사하는 기술은 실천"이라고 말하는 저자가 거듭 강조하는 건 한 가지다. "핑계 대지 말라."는 것이다. 뜨끔하다.

'경청'이 훌륭한 파트너를 만든다

『싸우지 않고 손해 보지 않고 똑똑하게 함께 일하는 기술』
마이클 아이즈너, 이순희 옮김, 사회평론, 2011

과연 가능할까. 싸우지 않고 서로 손해 보지 않고 함께 일하는 것이……. 이 책은 '그렇다.'고 답한다. 저자 마이클 아이즈너는 할리우드를 주름잡던 파라마운트 사장을 거쳐 1984년 위기에 처한 월트 디즈니의 최고경영자로 취임, 21년 동안 자산 규모 18억 달러짜리 회사를 800억 달러짜리 글로벌 미디어제국으로 키워 낸 인물이다.

현장 경영자답게 그는 자료에 의존하지 않고 회사와 인물 모두 직접 답사하고 만난 결과를 토대로 『싸우지 않고 손해 보지 않고 똑똑하게 함께 일하는 기술(Working Together: Why Great Partnerships Succeed)』를 썼다. 그는 책에서 "일 더하기 일이 둘 아닌 무한대가 되는" 인간관계 및 파트너십의 위력을 설명한다. 예로 든 곳은 월트 디즈니, 버크셔 해서웨이, 이매진 엔터테인먼트, 발렌티노, 홈 데포, 뉴욕 양키스, 안젤로 고든 등 열 곳. 영상 산업부터 패션, 야구단, 자산운용사까지 망라한다.

면담과 추적, 통찰을 통해 그가 추려 낸 성공적 파트너십의 첫째 요소는 서로에 대한 신뢰는 물론 바라보는 목표와 방향이 같은 사람을 만나는 일이다. 생각하는 방법은 달라도 옳고 그름, 좋고 나쁨에 대한 가치관은 일치해야 한다는 것. 그 다음은 역할 분담. 함께 일하되 주·조연을 정하는 게 필요하다는 조언이다.

어느 조직이든 스포트라이트를 받을 사람을 도와 뒤에서 실무를 담당하는 사람이 존재해야 조직이 성장할 수 있다는 분석이다. 디즈니만 해도 애당초 공동 회장으로 내정됐던 프랭크 웰스가 단독 회장이라야 한다고 우기는 자신에게 회장을 양보하고 사장을 맡았을 뿐만 아니라 온갖 궂은일을 해 준 덕에 발전할 수 있었다고 고백한다.

'버크셔 해서웨이'의 워렌 버핏 역시 1959년 이래 그를 도운 찰리 멍거 덕에 오늘의 명성과 부를 쌓았다고 본다. 버핏이 전화로 의견을 말했을 때 멍거가 "바보 같아." 하면 몽땅 투자하고, "들어본 것 중 가장 바보 같아." 하면 절반, "정신 나갔군." 하면 포기했는데 이게 바로 버핏 투자의 숨은 비결이었다는 것이다.

영화 「다빈치 코드」와 TV 시리즈 「24」를 제작한 '이매진 엔터테인먼트'의 론 하워드와 브라이언 그레이저도 비슷하다. 변호사 출신인 그레이저가 악역을 도맡음으로써 감독 하워드를 빛내는 한편 회사의 성장을 도모한다. 단 이들은 각기 다른 일을 해도 수익은 반반으로 나눠 자존심과 기여도 경쟁 문제를 해결한다.

패션디자이너 발렌티노와 50년 동안 그를 보좌한 지안카를로도 마찬가지. 지안카를로는 발렌티노가 창작에만 몰두하도록 광고와 쇼

기획, 브랜드 라이센싱 및 기성복 사업까지 도맡았다. 조연을 자처한 이들의 말은 한결같다. "무대 앞이냐 뒤냐는 상관없다. 어디서든 하고 싶은 일을 하고 목표를 이루면 된다."는 것.

  '스튜디오 54'를 세운 스티브 루벨과 이안 슈레이저, 주택개조용품사 '홈 데포'를 만든 버니 마커스와 아서 블랭크도 비슷한 경우. 루벨은 밀어붙이고 슈레이저는 조절했으며, 마커스는 팔고 블랭크는 관리했다. 저자는 끝으로 '뉴욕 양키스'의 감독 조 토리와 코치 돈 짐머, '안젤로 고든'을 이끄는 존 안젤로와 마이클 고든의 예를 들어 '경청'의 중요성을 역설했다. 훌륭한 파트너를 얻고 싶으면 상대의 말을 들을 줄 아는 훌륭한 파트너가 돼야 한다는 것이다.

리더십만큼 중요한 팔로워십

『팔로워십』
바버라 켈러먼, 이동욱 · 김충선 · 이상호 옮김, 더난출판, 2011

조용히 저항할 것

위협을 기회로 바꿀 것

협상할 것

소소한 승리를 이용할 것

단체 행동을 할 것

―좋은 팔로워가 되기 위한 다섯 가지 전략

2011년 이후 TV오디션 프로그램의 특징을 정해진 심사위원 점수에 관객이나 시청자가 심사위원 이상의 힘을 발휘한다는 점이다. 기성 가수들의 서바이벌 게임인 MBC '나는 가수다' 역시 관객평가단의 점수가 생존 여부를 결정 짓는다. 여러 가수 중 한 명을 탈락시키는 순위가 관객 평가단에 의해 좌우되는 것이다. 출연진의 생존 여부가 팔로워에 달린 셈이다.

『팔로워십(Followership: How Followers Are Creating Change and Changing Leaders)』은 이처럼 모든 곳에서 막강해진 팔로워의 힘을 다루는 책이다. 『여자로 태어나 위대한 리더로 사는 법(Women and Leadership: The State of Play and Strategies for Change)』의 저자이기도 한 바버라 켈러먼은 리더십 전문가로 유명한 하버드 대학교 케네디스 쿨 교수지만 이젠 리더십보다 팔로워십에 주목해야 한다고 주장한다. 리더가 모든 걸 좌우하고, 직책을 앞세워 권력을 함부로 휘두르던 시대는 지났다는 주장이다.

실제 지금은 정보 혁명으로 인해 누구도 완벽한 통제력을 갖지 못한다. 중국의 지도층조차 블로거들을 완전히 막을 수 없다. 기업과 문화 권력자도 마찬가지다. 20년 동안 라 스칼라 극장 오케스트라를 휘둘렀던 지휘자 리카르도 무티도 연주자와 목수, 경비원이 한 목소리로 완고하고 권위적인 태도를 문제 삼자 쫓겨났다. 황제 타입의 CEO는 더 이상 존재하기 어렵다.

켈러먼은 그렇다고 리더와 팔로워가 대등한 건 아니라고 딱 잘라 말한다. 권력과 권한, 영향력을 많이 가진 쪽이 리더, 덜 가진 쪽이 팔로워라는 설명이다. 어느 조직이든 권력 관계가 존재한다는 불편한 진실을 희석시키고자 팔로워 대신 구성원이란 단어를 쓰거나 권한 부여와 팀 같은 수평적 개념을 도입했지만 권한이 쉽게 공유된다는 생각은 착각이라고 조언한다.

그에 의하면 어디서든 리더는 이끌고 팔로워는 따른다. 서로 필요로 하는 걸 제공하는 공정한 교환인 까닭이다. 소속감과 안정, 안전에 대한 욕구도 한몫한다. 따라서 비효율적이고 비도덕적인 나쁜 리더일지라도 구성원들은 따를 수밖에 없다. 그렇지 않았을 때 치러야 하는 대가가 크고 위험하다는 이유에서다. 그러나 보이는 게 전부는 아니다. 권력이 위협적일수록 약자의 가면은 두꺼워진다.

팔로워의 유형은 고립자, 방관자, 참여자, 운동가, 불나방(본문에선 완고한 인물)으로 구분된다. 고립자는 리더와 조직에서 완전히 분리돼 힘도 없고 정보도 없는 자, 방관자는 지켜보면서 참여하지 않는 자, 참여자는 영향력을 최대한 발휘하는 자, 운동가는 의욕적이고 적극적으로 개입하는 자, 불나방은 목적을 위해 죽을 각오로 뛰어드는 자다.

팔로워십은 하급자와 상급자의 관계 또는 상급자에 대한 하급자의 대응이다. 나쁜 보스는 어디에나 있다. 리더의 7분의 1만 역할모델이 된다는 보고도 있다. 미국 얘기긴 하지만 우리는 어떨지 상상하기 어렵지 않다. 실로 많은 이들이 상급자의 일방적이고 권위주의적인 태도와 명령 때문에 힘들어 하면서도 '절이 싫으면 중이 떠난다.'는 식의 관행에서 벗어나지 못한다.

켈러먼은 그동안 좋은 리더십 발전에만 신경 쓴 나머지 나쁜 리더를 저지하는 문제의 중요성은 저평가됐다며, 모든 리더가 효율적이고 윤리적이어야 한다고 생각한다면 그렇지 않을 때 이를 바로잡는 건 전적으로 팔로워의 몫이라고 강조한다.

저항하는 게 위험한 만큼 가만히 있는 것도 위험하다. 적절하고 효과적인 반항은 리더의 팔로워에 대한 인식을 바꿀 수 있다.

나쁜 리더에게 시달리는 팔로워, 단기 실적에 연연해 부하 직원을 들볶는 상사 밑에서 일하는 이들 모두 주목해야 할 책이 아닐 수 없다. 팔로워의 힘을 무시한 채 제 주장만 펴는 리더라면 특히 더 주의 깊게 봐야 할 게 틀림없다. 절대 권력은 없고 세상은 한순간에 뒤집힐 수도 있으니.

때로는 길을 잃어 보라

『아무도 가르쳐주지 않는 여행의 기술』

알렉스 숄츠 · 카트린 파시히, 이미선 옮김, 김영사, 2011

우리 본성은 생각하는 것보다 감각적이다. 위기에 맞닥뜨리면 숨겨졌던 방향 찾기 능력이 발휘된다. 길을 잃어 본 사람은 겸손해지고 독단적이지 않은 태도를 지니게 된다. 길은 협정이다. 정해진 길은 주변 환경이나 방향감각에 대한 자유로운 생각과 본능을 방해한다.

저자 카트린 파시히는 독일의 소설가 겸 칼럼니스트다. 후보에 오르는 것만으로도 영광이라는 '잉게보르크 바흐만 문학상' 수상자의 저서답게 『아무도 가르쳐주지 않는 여행의 기술(Verirren: Eine Anleitung für Anfänger und Fortgeschrittene)』은 잘 읽히고, 종종 고개를 끄덕이게 하며, 지나온 길과 걸어갈 길을 생각하게 한다.

저자는 낯선 곳으로의 여행에서든 인생 여행에서든 문제가 생기는 건 길을 잃었기 때문이 아니라 길 잃은 상황을 적절하게 통제하지 못했기 때문이라고 지적한다.

그런 일을 막으려면 가끔 길을 잃어보는 것도 괜찮다는 주장이다.

기계적인 일상에서 작은 실수라도 할까 부들부들 떨며 휴가 계획조차 군사작전 세우듯 짜지만, 무작정 떠나 보면 낯선 곳에서 저녁노을을 보며 가슴이 먹먹해지는 색다른 경험을 할 수도 있다는 것이다. 가이드와 지도, 안내 책자에서 벗어나면 주변 경치나 사람에 훨씬 더 집중할 수 있다는 얘기다.

그에 따르면 길을 잃으면 주위를 확대경으로 살피듯 꼼꼼하게 관찰하게 되고, 부족한 방향감각을 보완하기 위해 두뇌가 어떻게 대응하는지도 알게 된다. 중요한 건 길을 잃지 않는 게 아니라 패닉에 빠지지 않는 방법이다. 대부분의 사람은 길을 잃으면 당황한 나머지 패닉 상태에 빠져 바로 앞에 놓인 위험에 주의를 기울이지 못한다.

저자는 이런 때일수록 본능에 몸을 맡기면 새로운 모습을 발견할 수 있다고 말한다. 사람의 본성은 생각보다 감각적이어서 위기에 맞닥뜨리면 자신도 모르던 방향찾기 감각이 발휘된다는 것이다. 독단적 사고나 태도에서 벗어나 겸손해지는 것도 물론이다.

몸을 낮춰 구석구석 살피는 사람이 몸을 똑바로 세워 앞만 보고 걷는 사람보다 주변 환경을 더 세세히 알게 된다. 물론 길 잃기가 모두 해피엔딩으로 끝나는 건 아니다. 누군가는 실패를 통해 뭔가 얻고 배우지만, 아무것도 깨닫지 못하고 불행한 결말을 맞을 수도 있다. 그렇더라도 실패와 모험을 통해 배우는 사람이 더 많다.

길을 잃게 하는 요인은 많다. 앞에서 비나 눈이 들이치거나 바람이 불면 얼굴을 돌리다 그만 방향을 잃는다. 안개 또한 방향을 잃게

곁에 두고 싶은 책

만든다. 안개는 시야를 좁히고 바위 등 주변 지물을 실제보다 훨씬 크게 보이게 한다. 안개가 한순간에 걷히는 일은 없다. 짙은 안개 속에서 배우는 건 기술이 아니라 철학이다. 안개는 자신을 훈련시키는 요소다.

저자는 길을 잃고 위험에 빠졌을 땐 가만히 있는 것도 방법이라고 이른다. 자신의 능력을 과신하는 사람일수록 이리저리 헤매다 길에서 점점 더 멀어진다는 것이다. 인생은 여행이다. 여행에 관한 책이지만 읽다 보면 인생 지침서로 느끼기에 충분하다.

분노 또한 방향감각을 잃게 만드는 만큼 길을 잃었을 땐 일단 침착해야 한다. 무엇보다 불확실성을 견딜 수 있는 힘이 중요하다.

불완전한 지식이 가져오는 불완전한 미래

『지식의 역습』

웬델 베리, 안진이 옮김, 청림출판, 2011

오만은 더 큰 오만으로 치유할 수 없으며, 무지는 더 큰 무지로 치유할 수 없다. 우리가 가진 지식과 권력의 무지한 이용을 막기 위해 필요한 것은 오로지 겸허한 자세다. 출발은 우리 모두 무지와 나쁜 상황에 처해 있음을 인정하는 것이다. 오만한 무지의 결과를 깨닫고 겸손해지면 바꿀 수 있다는 희망이 생긴다.

저자 엔델 베리는 대학에서 영문학과 문예창작을 전공한 뒤 일찌감치 귀향, 켄터키 주 헨리 카운티에서 40년째 농사를 지으면서 소설과 시, 칼럼을 발표해 온 작가다. 스스로 자신은 사상가나 학자가 아니라고 고백하거니와 책 역시 복잡하고 어려운 이론이나 거창한 주장을 담고 있지 않다. 그저 지식의 한계와 효능을 깨닫자는 것이다.

『지식의 역습(The Way of Ignorance)』에 따르면 지식의 종류는 다양하다. 입증됐지만 굳어져 따분한 지식과 유용하되 불확실하고 위험

곁에 두고 싶은 책

한 경험적 지식이 있는 한편, 오랫동안 많은 사람들의 선험이 쌓인 전통적 지식도 있고, 본능 같은 선천적 지식과 신체적 지식도 있다. 옳고 그름을 구분하는 양심과 능력을 뛰어넘는 일을 하게 하는 영감과 직관, 공감도 지식이다.

무지의 갈래 또한 셀 수 없다. 과거에 대한 무지, 경험적 증거가 없는 건 존중하지 않으려는 물질주의적 무지, 모든 건 상대적이란 말로 얼버무리는 도덕적 무지, 잘못된 자신감이란 무지, 낯선 건 무시하려는 공포의 무지, 게으름의 무지, 광고처럼 제한된 지식만 알리는 이익추구형 무지, 비밀주의와 거짓말로 유지하는 권력추구형 무지 등…….

불완전하고 위조된 지식과 무지 및 오만, 편협한 사고가 거대 권력과 결합하면 심각한 파괴를 낳는다. 덩치를 키우기 위해 무슨 일이든 가리지 않는 기업, 자정 능력을 지나치게 믿는 과학만능주의가 위험한 이유다. 게다가 우리는 이제 죽음을 삶의 바람직한 마무리라든가 고통과 슬픔으로부터의 해방이라고 여기지 않는다. 다들 평균수명을 비롯한 모든 것이 '더' 있어야 한다는, '더' 있으리라는 희망을 안고 살아간다. '더'를 위한 바퀴를 굴리는 게 기술 발전의 동력이다.

삶이 피상적이고 불행할수록 누구나 더 빠른 진보를 원한다. 그러나 생명을 지나치게 연장하다가 생긴 통증이나 치매가 현대 의학의 기적을 입증하는 통계 수치로 환원되는 건 도덕적 타락이다. 농업도 마찬가지다. 증산을 위한 전문화에 매달리다 보면 인간과의 연계에 대한 감각이 희미해진다. 관계에 대한 감각이 사라지면 적절한 규모에 대한 감각도 설 자리를 잃는다. 추함과 폭력, 낭비는 그 필연적 결과다.

거창한 해결책은 없다. 농업만 해도 한 번에 농장 하나, 숲 하나, 땅 한 마지기를 치유하는 방식이어야 한다. 저자는 이처럼 효율성만 강조하는 생산 방식과 과학만능주의를 비판하지만 그렇다고 힘을 길러 상대를 깨부숴야 한다는 식의 진보나 좌파 편을 들지도 않는다.

우파와 좌파의 과격한 개인주의자들은 모두 자신들이 원하는 일을 하기 위해 자유로워져야 한다고 믿는다. 차이는 그들이 원하는 일이 다르다는 것뿐이다.(물론 같을 때도 있다.) 파괴적인 힘의 해악을 막기 위해 그 힘을 파괴하기 위한 힘을 키우겠다는 발상은 전적으로 무익하다.

내 편 아니면 적이며, 적은 수단 방법을 가리지 않고 무찔러야 한다고 믿는 이들에게 들려 주고 싶은 문구다.

행복을 훈련하라

『마틴 셀리그만의 플로리시』

마틴 셀리그만, 우문식 · 윤상운 옮김, 물푸레, 2011

나를 죽이지 못한 건 나를 더욱 강하게 만든다.

—니체

「에반 올 마이티」는 웃기는 영화다. 세상을 바꿔 보겠다고 큰소리 치던 초선 의원 에반에게 신의 계시가 떨어진다. "홍수가 날 테니 방 주를 만들어 사람들을 구하라." 에반은 주위의 비웃음을 무릅쓰고 방 주를 완성하지만 비는 10분 만에 그친다. '혹시' 하며 모였던 이들이 돌아서는 순간 댐이 터져 도시는 물에 잠긴다.

무분별한 개발의 폐해를 고발한 영화의 마지막 장면에서 신은 말 한다. "세상을 바꾸는 건 거창한 구호가 아니라 작은 친절이다."『플 로리시』의 저자 마틴 셀리그만의 주장도 다르지 않다. 삶의 만족도 는 '관계'에 달렸다는 것. 행복과 번영의 요소는 긍정적 정서 · 몰입 · 의미 · 관계 · 성취 등 다섯 가지지만 관계에 성공하면 나머지는 저절 로 따라온다고도 한다.

셀리그만은 '긍정 심리학'의 창시자이자 같은 이름의 저서로 유명한 인물이다. 펜실베이니아 대학의 심리학과 교수로 미국 심리학회회장을 지낸 그는 "긍정심리학에서 빠진 관계와 성취 부문을 보완해, 행복과 만족도 증진을 넘어 번영에 이르는 길을 제시하기 위해서"라고 『플로리시(Flourish: A Visionary New Understanding of Happiness and Well-Being)』의 출간 의의를 털어놨다.

그에 따르면 행복도 훈련해야 늘어난다. '따뜻한 말 한마디 건네기' 같은 일을 습관화해 자신과 남을 행복하게 만들고 발전의 토대도 마련해야 한다는 얘기다. 회복탄력성을 통해 외상 후에 더 성장한다는 점도 강조한다. 살면서 심각한 내상을 입을 수도 있지만 잘만 극복하면 전보다 훨씬 튼튼해진다는 것이다.

책은 1, 2부로 나눠 번영에 이르는 구체적인 길을 소개한다. 1부 '새로운 긍정심리학'에선 웰빙과 진정한 행복이란 무엇인가와 함께 어떻게 하면 더 행복해질 수 있는지 알려 주고, 2부 '번영하는 법'에서 만족을 넘어 번창하는 데 필요한 사항, 즉 자기통제와 집념, 회복탄력성과 낙관주의, 대표 강점 찾기 등에 대해 상세히 전한다.

행복 훈련법으로 제시한 건 '감사 편지 쓰기'와 '좋은 일 세 가지 적기'이다. 고마운 사람이 있거든 그가 뭘 해 줬는지, 자신의 인생에 어떤 영향을 끼쳤는지 등을 꼼꼼히 적은 다음 만나서 직접 전달하고, 매일 밤 잠들기 전 하루 동안 잘된 일 세 가지와 이유를 적어 보라는 것이다. 석 달에서 여섯 달 정도만 계속하면 우울증도 완화된다고 장담한다.

　사람이 변하는 건 곤경에 처하고 거센 비난에 부딪혔을 때가 아니라 자신의 강점을 발견하거나 그 강점을 더 많이 활용할 구체적 방법을 알았을 때이기 때문에 그는 모든 학교에서 대표 강점 찾기와 좋은 일 연습 등 긍정 교육을 해야 한다고 강조한다. 그래야 관심의 범위를 넓히고 창의적이 된다는 것이다.

　번영의 핵심 요소로는 자기통제와 집념을 꼽는다. 무엇보다 실패나 잘못을 환경 탓으로 돌리는 데서 벗어나 스스로의 행동과 선택에 책임을 지는 자세가 필요하다고 힘주어 말한다. 성적이 나쁜 걸 '가난해서, 부모가 공부를 중시하지 않아서, 선생님이 나빠서'라는 식으로 핑계 삼기 시작하면 미래는 없다는 것. 회복탄력성의 힘을 요약한 니체의 말은 상처받은 이의 가슴에 비수처럼 꽂힌다.

파멸을 불러오는 행동의 근거

『내가 왜 그랬을까』

윌리엄 헬름라이히, 남인복 옮김, 말글빛냄, 2011

수리비로 75달러를 내라는 배관공을 상대로 소송하는 심사는 뭔가. 이겨봤자 들이는 시간과 비용을 따지면 손해일 게 뻔한데. 고속도로에서 갑자기 끼어든 차에 본때를 보여주겠다며 바싹 붙어 운전하다 다른 차를 들이받고 병원 신세를 지는 건 또 무슨 이유인가. 그런 멍청한 짓을 하지 않으려면 어떻게 해야 하는가?

인턴과의 스캔들로 탄핵 위기에 처했던 빌 클린턴 전 미국 대통령, 등산 간다고 해 놓곤 외국에서 정부와 놀아난 사우스캐롤라이나 주지사 마크 샌포드, 애인을 앗아간 동료에게 공기총을 들이댄 우주비행사 리사 노워크, 백만장자면서 고작 4만5673달러 벌자고 부당 거래를 하다 감옥에 간 살림의 여왕 마사 스튜어트.

『내가 왜 그랬을까(What Was I Thinking?: The Dumb Things We Do and How to Avoid Them)』은 '도대체, 왜?'로 출발한다. 똑똑하고 뛰어난 이

곁에 두고 싶은 책

들이 어쩌다 그런 황당무계한 짓에 빠져드는가. 무엇 때문에 누가 봐도 그럴 만한 가치가 전혀 없는 일에 매달리다 세상의 웃음거리가 되거나 나락으로 굴러 떨어지는가. 미국 뉴욕 시립대학원 교수(사회학)로 위험한 성(性) 행동 전문가인 저자의 답은 이렇다.

어리석은 행동엔 사회적 요인과 개인적 요인이 있으며 두 가지가 합쳐질 경우 파멸로 치닫는다.

그가 말하는 사회적 요인은 여러 가지다. 어릴 때 형성된 그릇된 가치관과 '남들도 다 한다.'는 생각, 잘못을 인정하는 대가는 큰 반면 스캔들의 죗값은 싼 점, 공동체 붕괴와 일회용 사회 도래 등이 그것이다.

그는 부모들이 지하철 요금을 아끼려고 여섯 살짜리에게 다섯 살이라고 말하도록 시키는 데서 문제가 시작된다고 꼬집는다. 커서도 '그 정도 거짓말쯤이야.'라고 여기게 되기 때문이다. "결손 가정에서 자랐다.", "폭력에 시달렸다."는 식으로 범죄에 대한 핑계거리나 면죄부를 주는 것도 나쁜 짓이 되풀이되는 요소로 꼽았다.

그가 지적한 첫째 요인은 공동체의 유대 붕괴다. 다들 사람을 만나지 않고 술집에도 가지 않고 인터넷만 뒤적인다. 사람과 얼굴을 맞대야 "너 미쳤어? 정신 차려!" 같은 말도 듣는데 혼자 있으니 욕망과 충동을 절제하지 못한다. 기술이 만든 일회용 사회도 화근이다. 10초 안에 자료가 다운로드되지 않으면 답답함을 견디지 못하고 즉각적 만족만을 좇는 결과 금세 후회할 짓을 한다.

파멸적 행동을 일으키는 개인적 요인은 오만과 탐욕, 불안, 강박 행동 등이다. 오만에 빠지는 건 아무도 자신은 건드릴 수 없다고 믿는 지나친 자신감 탓이다. 클린턴이 방송에서 한 말은 유명인의 어이없는 행동이 어디에서 비롯되는지 알려 준다.

내가 그런 짓을 한 데엔 가장 나쁜 이유가 있었다. 그냥 할 수 있었기 때문이다.

탐욕은 인정받으려는 욕구와 이득에 대한 욕망, 권력에 대한 집착에서 생겨난다. MIT 입학처장 1순위였다가 학력 위조 사실이 들통 나 쫓겨난 메릴리 존스와 마약 중독 경험을 담은 베스트셀러 『백만 개의 조각들(A Million Little Pieces)』을 펴냈다가 내용의 상당 부분이 거짓임이 알려져 망신당한 제임스 프레이는 탐욕의 끝을 모른 비극의 주인공들이다.

어떻게 해야 하는가. 대안은 공동체 복귀에 따른 만남과 대화 및 도덕적 가치 일신이다. 가치관을 일신하자면 유치원 때부터 훈련해야 한다. 그러자면 가정과 학교 모두 가르치는 데서 끝날 게 아니라 모범을 보이고 부정행위는 경멸받아 마땅한 것이란 사회적 압력을 창출해야 한다. 비이성적이고 자기 파멸적 행동의 근원인 지나친 자신감과 오만, 탐욕을 절제하기 어려울 땐? 저자의 조언은 이렇다.

자기 몫이 남보다 크지 않은 곳의 구성원이 돼 보라.

모든 창조는 모방에서 시작된다

『바로잉』
데이비드 코드 머레이, 이경식 옮김, 흐름출판, 2011

모방 더하기 약간의 개선이 쌓이고 쌓인 게 인류 문명의 본질이다.

좋은 화가가 되기 위한 첫걸음은 임모(臨摸)와 사생(寫生)이다. 글쓰기의 기본도 다르지 않다. 글을 잘 쓰려면 일단 많이 읽고(배우고), 메모하고, 잘 썼다 싶은 글은 베껴 봐야 한다. 기왕이면 컴퓨터가 아닌 손으로 써 보는 게 좋다. 원초적 호기심과 세심한 관찰, 질문, 분석, 종합적 추론은 그 다음 덕목이다.

『바로잉(Barrowing Brilliance: The Six Steps to Business Innovation by Building on the Ideas of Others)』의 저자 데이비드 코드 머레이는 "모방은 창조를 위한 실행의 첫 단계"라고 말한다. 세상 모든 위대한 창조물은 모방에서 비롯됐다는 주장이다. 찰스 다윈의 진화론은 찰스 라이엘의 지질학 이론, 엘비스 프레슬리의 록큰롤은 브루스 스프링스틴의 음악을 바탕으로 생겨났다는 것이다.

그러니 뭔가 창조하고 싶으면 복사부터 해 보라고 권한다. 빌리기의 중요성에 대해 언급한 사람은 많다. 파블로 피카소는 일찍이 "뛰어난 예술가는 모방하고 위대한 예술가는 훔친다."고 일갈했고, 스티브 잡스는 "혁신과 창의성은 특별한 데서 나오는 게 아니라 주변의 것을 배우고 익히는 데서 나온다."고 강조했다.

이 책의 특징은 빌리는 방법 및 그것을 새 아이디어로 만드는 과정을 구체적으로 기술한 점이다. 저자 머레이는 『새로운 미래가 온다』를 쓴 대니얼 핑크의 정의를 빌려 오늘날을 정보 시대를 넘어선 개념 시대로 규정했다. 동시에 정보 시대엔 기존 정보 관리만 잘하면 됐지만 개념 시대엔 새로운 정보를 내놔야 한다고 적었다.

기업과 개인 모두 창의적이지 않으면 살아남기 힘들다는 진단이다. 그러면서 기업과 개인이 어떻게 혁신적이고 창의적이 될 수 있는지를 바로잉, 곧 빌려오기 6단계를 통해 상세히 설명한다. 그가 말하는 '모방을 통한 창조의 6단계'는 "정의하고, 빌리고, 결합하고, 숙성시키고, 판단하고, 끌어올리는" 것이다.

첫 단계는 정의하기. 문제를 해결하자면 무엇보다 문제의 핵심이 뭔지 파악하고 분석하고 확인한 다음 이해해야 한다. 관찰하고 또 관찰하는 것도 필수다. 다음 단계는 빌리기. 동업자와 가까운 곳뿐만 아니라 경쟁자와 반대편에서도 빌려야 한다. 경쟁자에게서 빌리면 모방이 되지만 다른 분야에서 빌리면 창의적인 행위가 된다.

세 번째는 결합하기. 결합은 창의성의 본질이다. 시나리오 작가 월

슨 마이스너의 말은 결합의 중요성을 단적으로 전한다.

한 사람을 모방하면 표절이 되지만 두 사람을 모방하면 연구가 된다.

네 번째는 숙성시키기. 내용이 분명해질 때까지 숙성시켜야 한다. 그러자면 일정 기간 신경 쓰지 않고 내버려 두는 것도 방법이다. 숙성 과정을 거쳐 해결책이나 아이디어가 나오면 장단점을 따져 본다. 이때엔 로마 가톨릭 교회에서 1537년부터 실시하는 방안을 써 보는 것도 괜찮다. '악마의 대변인제'라는 것으로 시성식(諡聖式) 전 악마의 대변인이 성인 후보자의 성품이나 행적을 비판하게 함으로써 행여 몰랐을지 모를 문제를 뒤져 보는 방식이다.

마지막은 끌어올리기다. 최종안을 다시 한 번 점검하면서 버릴 건 버리고 취할 건 취한다. 베끼고 훔치는 데 대한 거부감에 사로잡힌 이들은 충분히 참고할 만하다.

생각하는 대로 삶이 변한다

『인생에서 버릴 것과 움켜질 것들』

제임스 아서 레이, 박범동 옮김, 엘도라도, 2011

운명의 통제권은 자신에게 있다. 성공은 기회가 아니라 선택의 문제다.

원제는 '진정한 부(富)의 일곱 가지 법칙(The Seven Laws of True Wealth)'이다. '진정한 부'란 금전·관계·정신·물질·영(靈) 등 인생의 다섯 가지 영역 모두 충만하고 조화로운 상태를 뜻한다. 무슨 수로? 답은 간단하다. "버릴 줄 아는 용기와 끝까지 움켜쥐는 강단"으로 기존의 생각과 행동을 확 바꿔야 한다는 것이다.

책은 못마땅한 과거에서 놓여나 행복하고 성공적인 미래로 갈 수 있는 비법을 제시한다. 우주의 법칙에 대한 이해와 사고방식 전환 및 비전 구축, 바른 파트너십 형성, 베풂, 감사, 책임이 그것이다. 이 일곱 가지를 알고 실천해야 자신이 꿈꾸는 인생을 만들 수 있다는 주장이다. 저자는 글로벌 컨설팅사인 제임스 레이 인터내셔널(JRI) 대표이자 성공 전략가다.

그가 전하는 우주의 원리는 변화, 진동, 상대성, 양극, 리듬, 인과, 발생이다. 우주의 에너지는 끊임없이 이동한다. 변화가 빨리 멈춰 예전으로 돌아갔으면 하는 생각은 버려야 한다. 생각과 느낌은 우주에 진동을 일으킨다. 두렵다고 느끼면 두려운 대상을 끌어당기고, 원하지 않는 것에 신경 쓸수록 그쪽을 향해 움직이게 된다.

세상 모든 건 자신의 의미 부여에 달렸다. 상대성이다. "내가 그의 이름을 불러 주었을 때 그는 나에게로 와서 꽃이 되는(김춘수,「꽃」)" 것이다. 비교의 힘은 무서워서 자멸을 부를 수도, 더 나은 길로 인도할 수도 있다. 우주 만물엔 양극이 존재한다. 실패는 성공의 씨앗을 동반한다. 베이브 루스는 홈런왕이자 삼진 아웃 세계기록 보유자다.

우주 에너지엔 리듬이 있다. 밀물 뒤엔 썰물이 있고, 달도 차면 기운다. 우연도 없다. 뿌린 대로 거두고 준대로 받는다. 어디 그뿐이랴. 세상 만물은 태어나기 전 잠복기, 곧 잉태 기간을 거친다. 성공하지 못하는 건 능력이 모자라서가 아니라 성공 직전에 포기하는 탓이다. 보이지 않는 것에 대한 믿음과 기다림이 필요하다.

우주의 법칙을 알았으면 사고방식을 바꿔야 한다. 사고방식이란 자신과 타인, 세상이 작동하는 방식에 대한 믿음, 가치관, 태도, 습관, 견해의 총합이자 듣고 보고 경험한 것들을 통과시키는 필터다. 생각과 느낌엔 강력한 자성이 있어서 발생할 거라고 믿으면 그대로 일어난다. '인생은 고달프다.'고 생각하면 이유도 모른 채 계속 고달픈 인생을 살게 마련이다.

사고방식을 바꾸면 분출하는 에너지도 달라져 새로운 상황을 이끌어 낸다. 결과를 향상시키고 싶으면 자신부터 향상시켜야 한다. 생각하는 대로 살지 않으면 사는 대로 생각하게 된다는 얘기다. 사고방식 구축의 핵심은 지속성이다. 뭐든 생생히 그리면 현실이 된다. 비전은 구체적이고 종합적으로 실체화하는 게 중요하다.

파트너십의 핵심은 경쟁하지 말고 창조하라는 것이다. 진정한 부에 이르는 나머지 두 법칙은 베풂과 감사, 그리고 책임이다. 베풀어야 끌어당기고, 감사할수록 감사하게 될 일을 더 많이 만들어 낼 수 있다. 전부 기억해 두어야 할 내용이지만 마지막 '책임' 부문은 특히 명심할 일이다.

곁에 두고 싶은 책

함께 하라, 승리할 것이다

『여럿이 한 호흡』

트와일라 타프, 한세정 옮김, 21세기북스, 2011

패스야말로 최상의 플레이다. 농구는 연결의 스포츠다. 연결이 끊어지면 의욕을 잃고 결국 지게 된다.

—마이크 슈셉스키, 듀크 대학 농구 감독

문화 기자로 오래 일하는 동안 느낀 게 있다. 문학이나 음악, 미술 종사자에 비해 무용가들이 상대적으로 무던하다는 사실이다. 혼자 튀는 일도 적다. 개인적인 추론인 만큼 일반화하는 건 무리일지 모른다. 그러나 사람은 누구나 제 선험으로 형성된 사고에 매이는 법. 지금도 여전히 무용가 중에 사람 좋은 이가 많다고 믿는다.

처음엔 몰랐다. 왜 그럴까. 궁금증은 이내 풀렸다. 무용의 경우 늘 여럿이 움직인다. 독무도 있지만 거의가 군무인 까닭이다. 작품을 완성해 무대에 올리자면 음악, 의상, 무대미술 담당자 등과 협업해야 한다. 혼자 쓰고 연주하고 그리는, 문인이나 음악가, 미술가와 삶 자체가 다른 셈이다. 이것이 바로 밀고 당기되 합의하는 품성이 길러지는 배경인 듯하다.

'협력하는 습관(The Collaborative Habit: Life Lessons for Working Together)'이란 원제를 가진 이 책의 저자 트와일라 타프가 토니 상(미국 브로드웨이에서 수여하는 연극상)을 받은 세계적인 안무가란 사실은 따라서 전혀 이상하지 않다. 그의 주장은 간단하다. 어떤 조직이든 성공하려면 구성원 전체가 함께 호흡해야 한다는 것이다. 성공은 1퍼센트의 영감과 99퍼센트의 협력에서 시작되며, 혼자서는 결코 축배를 들 수 없다는 말도 있다.

책은 "우리는 나보다 힘이 세다."로 시작된다. 독불장군의 시대는 갔다는 얘기다. 2008년 미국 대선 당시 버락 오바마의 슬로건은 "우리는 할 수 있습니다(Yes, we can)."였고, 미국 프로농구 팀 시카고 불스가 우승한 건 마이클 조던이 최다 득점을 올린 1986년이 아니라 결승전에서 어시시트 열 개를 기록한 1991년이었다는 예도 나온다.

책에 따르면 협력은 습관을 통해 길러진다. 창조란 고상하고 고귀한 게 아니라 때 묻고 더러운 작업이다. 고된 육체노동에서 비롯되며 그 노동이 일상적으로 느껴질수록 결과는 좋아진다. 모차르트의 천재성은 타고난 게 아니라 스물여덟 살 때 양손 모두 기형이 될 정도로 어려서부터 지속했던 무서운 양의 연습을 통해 길러지고 발현된 것이다.

협력 역시 다르지 않다. 계발해야 몸에 붙는다. 첫걸음은 자신의 인

곁에 두고 싶은 책

간관계를 돌아보는 일이다. 누군가와의 관계가 껄끄러웠다면 자신에게 문제가 있을 가능성이 높다. 그럴 땐 틱낫한의 말을 기억하라.

스스로를 적처럼 대하지 말라.

구체적인 방법도 제시한다.

공동의 목표를 명확히 하라.
계약 조건에 대해 얘기하는 걸 쑥스럽게 여기지 말라.
원칙을 지켜라.
파트너가 나와 다르다는 사실을 인정하라.

대립하는 두 형질이 만나면 우성형질이 생긴다는 멘델의 법칙이 인간관계에서도 그대로 적용된다는 얘기다. 단, 파트너의 전문성과 책임 영역에 간섭하고 싶은 충동을 억제해야 한다고 강조한다.

또 사공이 많으면 배가 산으로 가는 게 아니라 사공이 많아야 산도 오를 수 있다며 불특정 다수의 힘을 믿고 관객이든 소비자든 무조건 참여시키라고 말한다. 마지막 조언은 특히 더 명심할 만하다.

협력자는 친구가 아니다. '안 돼.'라고 말할 수 없는 사람과는 협력하지 말라. 성공적인 협력 관계엔 친구도, 주인도 존재하지 않는다.

잘 사는 것은 더불어 사는 것

『웰빙 파인더』

톰 래스 · 짐 하터, 성기홍 옮김, 위너스북, 2011

스웨덴에서 직장인 3000여 명의 건강검진 결과를 추적했다. 직장상사가 불만스러운 경우 심각한 정신질환에 걸릴 위험은 그렇지 않은 사람보다 24퍼센트나 높았다. 그런 상사와 4년 이상 일하면 39퍼센트로 올라갔다.

나이 들수록 꼭 필요한 것 다섯 가지는? 남자의 경우 '처, 아내, 여편네, 할망구, 마누라'란 농담도 있고, 남녀 공히 '돈, 머니, 전(錢), 캐쉬, 현찰'이란 기막힌 얘기도 있다. 우스갯소리가 아닌 진짜 답은 '일, 돈, 건강, 친구, 꿈'이다. 『파우스트』의 작가 괴테(1840~1922)가 풍요로운 황혼을 위해 잃지 않아야 한다고 주장한 것들이다.

하늘 아래 새로운 건 없다던가. 미국 갤럽연구소가 1950년부터 50년간 150여 개국 1500만 명을 대상으로 조사한 결과 괴테가 강조한 요소들은 나이 든 사람뿐만 아니라 모든 사람의 웰빙에 필수적인 조

곁에 두고 싶은 책

건으로 밝혀졌다. 풀어 쓰자면 직업에 대한 열정과 돈독한 인간관계, 적당한 돈, 건강, 그리고 지역사회에 대한 참여와 봉사다.

연구에 따르면 많은 사람들(66퍼센트)이 한두 가지는 나름대로 잘하고 있지만 다섯 가지 모두를 제대로 실천하는 사람은 7퍼센트에 불과하다고 한다. 『웰빙 파인더(Wellbeing: The Five Essential Elements)』의 저자들은 그런 상태론 행복해질 수 없다고 말한다. 참살이란 유기농 식품을 먹고 스파를 즐긴다고 되는 게 아니라며 웰빙 요소 다섯 가지의 중요성을 구체적인 수치로 들이댄다.

첫 번째로 꼽은 일(직업)만 해도 1년 이상 실업은 배우자 사망보다 더 큰 영향을 미친다. 돈을 벌지 않더라도 몰입할 수 있는 뭔가가 있어야 하는 이유다. 상사가 걸핏하면 흠을 잡는 통에 좌절감만 더하는 업무를 하고 있으면 코티솔(면역체계를 억제하고 혈압과 혈당을 높이는 호르몬) 지수가 급증해 호흡이 가빠진다.

다음은 친구다. 친구의 친구가 행복할 때 친구가 행복해질 가능성은 15퍼센트, 내가 행복해질 가능성은 10퍼센트 상승한다. 심지어 세 다리 떨어진 사람의 행복도 내 행복지수를 6퍼센트 올릴 수 있다. 연간 소득이 1만 달러 증가해 봤자 행복해질 확률은 겨우 2퍼센트 높아진다. 회사에 친한 친구가 있으면 업무에 몰입할 가능성이 일곱 배 높다.

경제적 여유도 중요하다. 돈은 웰빙의 충분조건은 아닐지라도 필요조건임에 틀림없다. 단 돈은 자신에게보다 친구를 비롯한 타인을 위해 쓸 때 더 즐겁다. 50달러를 잃을 때 느끼는 상처가 50달러를 벌 때 느끼는 기쁨보다 훨씬 큰 만큼 관리도 중요하다.

운동은 필수다. 건강은 후세에도 영향을 미친다. 젊은 시절 영양이 부족하면 자녀와 손자까지 심장질환과 당뇨병에 걸릴 수 있다. 암과 알츠하이머, 심장질환을 예방하는 오메가3가 많이 든 생선과 전립선 암을 막아 주는 브로콜리 등 붉고 푸른 채소와 과일을 자주 먹고, 하루 20분 운동하고 가능한 한 7시간 이상 자야 한다.

마지막은 커뮤니티에 대한 참여와 봉사다. MRI 촬영 결과 돈을 받을 때 활성화되는 두뇌 영역이 돈을 줄 때 더 밝아진다. 또 2만3000여 명에게 물었더니 열 명 중 아홉 명이 남에게 친절하게 굴 때 기분이 좋아졌다고 답했다. 다이어트 프로그램에도 혼자 참여할 때(24퍼센트)보다 친구와 함께 할 때 성공 확률이 66퍼센트나 높아진다. 더불어 살아야 잘 살 수 있다는 얘기다.

곁에 두고 싶은 책

과잉의 시대에 잃어버리는 것

『속도에서 깊이로』

윌리엄 파워스, 임현경 옮김, 21세기북스, 2011

> 멈추고 호흡하고 생각하라. 마음의 온도를 낮춰라. 그래야 세상의 속도
> 를 늦추고 때 없이 엄습하는 불안도 줄일 수 있다.

우리 모두 궁금하다. 스마트폰은 정말 삶을 스마트하게 만드는가.
SNS(Social Network Service)를 이용한 네트워크는 확장될수록 좋다는
'디지털 맥시멀리즘'은 옳은가.

칼럼니스트이자 미디어 비평가인 윌리엄 파워스의 답은 '아니다.'
이다. 그는 디지털 네트워크 덕에 다들 세상과 가까워졌는지는 몰라
도 스스로 느끼고 생각하는 법은 잃어버렸다고 말한다.

하버드 대학교 언론·정치·공공센터에서 실시한 연구를 기반으로
한 책『속도에서 깊이로(Hamlet's Blackberry: Building a Good Life in the
Digital Age)』에서 그는 디지털 네트워크에 대한 의존이 사람을 지나치
게 외부지향적으로 만든다고 지적했다. 사람은 남과 연결되려는 욕

망과 혼자만의 자유를 누리려는 욕망을 함께 지니며 둘 사이의 균형
이 중요한데 디지털 세상은 타인과 연결된 타인과 삶만 좇도록 부추
긴다는 분석이다.

왜 아니랴. 너나 할 것 없이 눈 뜨자마자 인터넷과 휴대전화을 통
해 밤새 누가 내게 연락했는지, 남들은 어떻게 지내는지 알고 싶어
한다. 게다가 스스로 자신의 정체성을 확립하려 애쓰던 과거와 달리
디지털 기기 속 상호작용을 통해 존재감을 확인하려 든다. 내게 관심
을 가진 사람이 얼마인지, 누가 내 말에 주목하는지로 자신의 가치를
측정하려 애쓰는 셈이다.

틈만 나면 문자메시지와 이메일을 확인하고 웹서핑을 하는 건 물
론 언제 어디서나 페이스북 담벼락을 살피고 트위터에 댓글도 단다.
이러니 한 가지 일에 단 3분도 온전히 집중하기 힘들다. 흐트러진 집
중력을 회복하자면 빼앗긴 시간의 열 배에서 스무 배의 시간이 필요
하다고 한다. 1분만 딴 짓을 해도 제자리를 찾는 데 15분은 걸린다
는 말이다.

디지털 세상에 대한 이같은 맹신과 의존은 사람을 초조와 불안에
시달리게 만든다. 책에 따르면 심한 경우 주의력결핍장애(ADT) 증세
도 야기한다. 이메일을 확인할 때마다 잠시 숨이 멎으면서 심하면 스
트레스성 질환을 유발하는 '이메일 무호흡증'과 휴대전화 없이는 잠
시도 견디지 못하는 '노모포비아(nomophobia)'란 질환도 등장했다.

디지털 중독 증상은 조직의 생산성도 감소시킨다. 비즈니스 리서

곁에 두고 싶은 책

치 회사인 바섹(Basex)은 직장인 대다수가 그런 방해 요인 때문에 근무 시간의 25퍼센트 이상을 허비하고 그로 인한 경제적 손실 또한 연간 9000억 달러에 이른다는 연구 결과를 내놨다. 성장 엔진인 줄 알았던 디지털 소통 기술이 실은 발전을 저해하는 악당 노릇을 하고 있다는 보고다.

마이크로소프트와 구글, 제록스, 인텔 등 인터넷 관련 업체는 2008년 학자, 컨설턴트 등과 함께 '정보 과잉 연구 그룹'을 구성했다. 정보 과잉에 따른 업무 차질과 생산성 저하에 관한 해결책을 찾기 위해서다. 인터넷 중독에서 벗어나자는 움직임도 나왔다. '휴대전화 던지기 게임'과 '외딴섬에서 전자 기기 없이 지내는 프로그램'이 그것이다.

저자가 플라톤, 세네카, 셰익스피어, 구텐베르크, 소로, 맥루한 등 오늘날 못지않은 변혁기에 탄생한 위대한 인물 일곱 명의 삶을 통해 내놓은 해결책은 극히 단순하다.

가끔은 세상과 거리를 두고 혼자만의 시간을 가져 보라.

'이성'보다 강력한 '감정'

『**이모셔노믹스**』

댄 힐, 안진환 · 이수경 옮김, 마젤란, 2011

공급이 더 이상 수요를 창출하지 않고 품질의 차별화가 이뤄지기 힘든 시대에 남은 건 신뢰뿐이다. 신뢰는 이성보다 감정에서 비롯된다. 기업의 성공 및 발전의 열쇠인 고객과 직원의 충성도를 높이자면 무엇보다 강력한 감정적 유대관계를 형성하는 게 필요하다. 그러자면 감정의 역할을 인정해야 한다.

미국 프린스턴 대학교 교수 대니얼 카너먼은 행동경제학 개척에 기여한 공로로 2002년 노벨 경제학상을 수상했다. 행동경제학의 기본 전제는 인간이란 결코 이성적이고 논리적인 의사 결정자가 아니며 행동 또한 오류투성이라는 것이다. 'Emotionomics(감성경제학)'라는 원제의 『이모셔노믹스』 또한 같은 전제에서 출발한다.

저자 댄 힐은 그 이유를 감정에서 찾는다. 감정이 감각 정보를 처리하는 시간은 이성의 20퍼센트에 불과한 만큼 행동을 유발하는 요소는 감정이라는 것이다. 결정은 감정의 몫이요, 이성은 그런 결정에 대한 설명과 합리화의 도구라는 주장이다. 따라서 기업의 경우 애매하고 정량화하기 어렵다는 이유로 감정의 중요성을 외면하는 일은 성공을 포기하는 일이나 다름없다고 꼬집는다.

커뮤니케이션의 55퍼센트는 얼굴 표정, 38퍼센트는 목소리 톤에 의해 이뤄지고 말의 몫은 7퍼센트에 불과하다는 연구 결과도 제시한다. 사람들의 말과 행동이 일치하지 않고, 의견이나 평가를 얻기 위한 설문조사나 여론조사가 사실을 제대로 반영하지 못하는 이유다. 그렇다면 비언어적 수단으로 표출되는 감정을 무슨 수로 측정할 것인가.

저자는 캘리포니아 대학교 교수 폴 에크먼이 창안한 '얼굴 움직임 부호화 시스템(Facial Action Coding System, FACS)을 이용한 페이셜 코딩(Facial Coding)으로 사람들의 마음속을 알아낼 수 있다고 설명한다. FACS는 마흔세 개의 안면근육 움직임을 분류하는 프로그램이다. 페이셜 코딩은 이 자료를 바탕으로 놀라움, 두려움, 분노, 슬픔, 혐오감, 경멸감, 행복 등 일곱 가지 핵심 감정을 분석하는 방법이다.

이 방법으로 무성의한 답변이나 무리를 따르려는 경향 때문에 틀리는 설문조사의 부족함을 보완할 수 있다는 제안이다. 실제 설문조사에서 긍정적인 답을 했어도 페이셜 코딩에서의 긍정은 74퍼센트 정도고, 중립일 때는 19퍼센트로 떨어지지만 부정적 답을 했을 때도 4퍼센트는 긍정으로 나타났다고 돼 있다.

감정은 의사 결정 시간과 리스크 감수 여부에도 영향을 미친다. 행복이나 분노, 혐오감을 느끼면 결정을 빨리 하지만 놀랐거나 두렵거나 슬플 때는 그렇지 않다. 행복, 분노, 슬픔을 느낄 때는 리스크를 감수하지만 두려울 때는 피한다. 기업의 수익성은 고객의 감정을 어떻게 측정하고 변화시키고 대응하느냐에 달려 있다는 댄 힐의 한마디가 주는 울림은 그 어떤 연구 결과보다 강렬하다.

감성을 바탕으로 관계를 맺은 뒤 이성적인 지지를 제공하라. 고객은 상품보다 회사 때문에, 직원은 회사가 아니라 상사를 떠난다.

시련을 이겨내는 잠재적인 힘

『회복탄력성』
김주환, 위즈덤하우스, 2011년

활짝 웃어라. 참지 말고 즐겨라. 문제의 원인을 파악하라. 배려하고 봉사하라. 남에게 너무 잘 보이려 애쓰거나, 못 보이면 어쩌나 걱정하지 말라. 경청하라. 감사하라. 운동하라.

부제는 '시련을 행운으로 바꾸는 유쾌한 비밀'이다. '인생의 허들을 가뿐히 뛰어넘는 내면의 힘'이란 카피도 있다. 살다 보면 여기저기에서 부딪히고 걸려 넘어지기 일쑤다. 지진과 쓰나미로 모든 걸 잃는다거나 교통사고로 전신마비가 되는 끔찍한 상황까지 겪는 일은 흔하지 않지만 간절한 소망이 이뤄지지 않거나 믿었던 사람이 등을 돌리는 일 같은 건 수시로 닥친다.

똑같은 일을 겪어도 반응은 각기 다르다. 누구는 유리처럼 떨어지는 즉시 산산조각나지만 누구는 고무공처럼 튀어 오른다. 마흔다섯 살에 자동차 사고로 전신마비가 되고도 좌절하긴커녕 금세 일어나

휠체어를 탄 채 입으로 마우스를 움직이며 강의하고 연구해 전보다 더 주목받는 학자가 된 이상묵 서울대 교수(해양지질학)같은 이가 바로 그런 인물이다. 인조 다리로 장애인올림픽 100미터 달리기에서 우승한 에이미 멀린스와, 끼니 걱정을 하던 이혼녀에서 세계적인 작가가 된 조앤 롤링도 마찬가지다.

이들이 엄청난 고통을 극복하고 새로운 삶에 도전하도록 만든 것은 무엇이었을까. 저자 김주환 교수는 '회복탄력성' 덕이라고 말한다. 연세대학교 언론홍보영상학부 교수이자 미술평론가인 저자는 회복탄력성에 대해 마음의 근력 같은 것이라고 설명한다. 몸의 근육이 신체 면역력을 높여 주듯 회복탄력성을 기르면 일상 속 스트레스와 사람 사이 갈등은 물론 갑작스런 불행까지도 거뜬히 이겨 낼 수 있다는 주장이다.

조사 결과를 보면 어디에 사는 사람들이든 상황에 관계없이 3분의 1은 회복탄력성을 지닌다고 한다. '하와이 카우아이 섬 연구'가 대표적인 예다. '카우아이 섬 연구'는 1955년 태어난 신생아 833명의 삶을 30년 이상 추적한 대규모 프로젝트다. 자료 분석을 담당했던 캘리포니아 대학 교수 에미 워너는 놀라운 사실을 발견한다. 833명 가운데 가장 열악한 상황에서 자란 201명 중 72명은 다른 사람들처럼 사회부적응자나 낙오자가 되지 않고 참을성과 판단력, 자존감을 지닌 자율적이고 도덕적 인물로 밝고 씩씩하게 자랐다는 것이다.

워너는 이런 회복탄력성의 요인을 '인간관계'라고 결론지었다. 극악한 처지에서도 꿋꿋이 성장한 사람에겐 부모, 조부모, 삼촌, 이모 혹은 또 다른 누군가 중 그를 무조건 사랑함으로써 기댈 언덕이 돼 준 사람이 있었다는 분석이다. 어디서든 단 한 사람만이라도 믿고 의지할 수 있으면 삐뚤어지지 않고 바르게 자랄 수 있다는 얘기다.

이 책의 저자는 그러나 회복탄력성이 성장기 경험에만 좌우되는 건 아니라고 말한다. 신체의 근육을 키우듯 훈련에 의해 높일 수 있다는 것이다. 그가 개발한 한국형 회복탄력성 지수(KRQ 53)와 청소년용 회복탄력성지수(YKRQ 27)를 알아본 다음 부족한 부분은 보완하고 강점을 강화하면 지수를 높이는 일이 얼마든지 가능하다는 말이다.

그가 내놓은 회복탄력성지수의 요소는 자기조절능력(감정조절력+충동통제력+원인분석력)과 대인관계능력(소통능력+공감능력+자아확장력), 긍정성(자아낙관성+생활만족도+감사하기) 등 세 가지다. 그는 세 가지 모두 고정된 수치가 아니라면서 이렇게 덧붙인다.

결점에 매이지 말고 강점을 찾아 열심히 발휘하며 살아라. 그래야 긍정적인 뇌가 만들어지고 행복감과 회복탄력성도 커진다.

인생을 좌우하는 건 스펙이 아니라 의지와 투지다. 그걸 키우는 건 바로 자신이다. 자신을 사랑하고, 언제든 하소연할 수 있는 한 사람만 만들어 보라. 일어설 수 있다.

버리고 비워야 자유롭다

『잡동사니로부터의 자유』
브룩스 팔머, 허수진 옮김, 초록물고기, 2011

인생은 정원이다. 잡초를 뽑아야 잔디든 나무든 제대로 자라고 열매도 맺는다. 잡동사니 정리는 식별력을 높인다. 허상과 껍데기를 벗어던져야 삶의 에너지와 자유를 발견할 수 있다.

열일곱 켤레 중 신는 건 세 켤레뿐.《숍―스마트》란 잡지에서 열여덟 살 이상 미국 여성 1009명을 대상으로 조사한 결과다. 평균이 그렇고 13퍼센트는 서른 켤레 이상의 구두를 갖고 있다고 답했다. 대부분 1년에 세 켤레 정도를 새로 구입하는데 그중 19퍼센트는 단순히 기분 전환용이었던 것으로 드러났다.

꼭 필요하지도 않은데 사들인 결과 신지도 않는 구두가 쌓이는 셈이다. 우리나라 여성도 비슷할 가능성이 높다. 쓰지 않으면서 지니고 있는 물건이 어디 구두뿐이랴. 살다 보면 옷이며 살림살이, 책과 CD, 화장품까지 온갖 것들이 집 안을 가득 채운다. 애써 넓혀 간 집도 금세 다시 좁아져 답답해지기 일쑤다.

곁에 두고 싶은 책

코미디언이자 '잡동사니 처리 전문가'인 저자 브룩스 팔머는 "제발 그러지 말라."고 조언한다. 잡동사니에 치여 살다간 행복은커녕 변화와 발전 모두 불가능해진다는 지적이다. 『잡동사니로부터의 자유(Clutter Busting: Letting Go of What's Holding You Back)』의 메시지는 간단명료하다. 물건이든, 마음이든, 사람에 대한 집착이든 버리고 비워야 자유로워지고 새것이 들어설 자리도 생긴다는 사실.

 책에 따르면, 집 안에 있는 물건 75퍼센트는 쓰지 않는 것, 곧 잡동사니다. 뭔가 자꾸 사들이는 건 현재에 만족하지 못하기 때문이다. 하지만 물건은 우리를 대변할 수 없다. 물건으로 남의 시선을 끌고 환심을 사려는 욕망은 헛헛함을 더할 뿐이다. 우리는 스스로 생각하는 것보다 훨씬 잘 살고 있다. 집은 창고가 아니다.
 치우지 못하는 건 변화에 대한 두려움 탓이다. 잡동사니는 사람을 과거에 가둔다. 그러나 지난날에 매이는 건 추락의 시작이다. 과거를 버려야 인생을 있는 그대로 사랑할 수 있다. 트로피나 상패를 처치할 때 망설여지면 이렇게 자문하라. "이걸 간직하면 인생이 더 풍요로워질까, 아닐까?" 움켜쥐고 있다고 뿌듯해 하는 것 대부분이 실은 올가미다. 비싼 것도 마찬가지다. 아깝다고 두면 볼 때마다 돈을 낭비했다는 자책감만 더한다. 런닝머신에서 뛸 때보다 강아지를 데리고 산책할 때가 더 행복하다면 런닝머신을 당장 치우는 게 옳다.

 잡동사니는 집 안에만 그득한 게 아니다. 마음속에도 과감하게 정리해야 할 것투성이다. 불평불만, 해결책도 없는 걱정, 비난, 알 수 없는 미래에 대한 고민, 지난날의 상처, 인정받고 싶은 욕구, 뭔가 감춘 데서 비롯된 죄책감과 두려움, 남의 인생에 대한 참견 등 온갖 부질 없고 부정적인 생각들.

마음속 잡동사니를 털어 내지 못하면 정신과 영혼 모두 질식당한 다. 현실을 직시하지 못하는 데다 잠재능력을 잃어버림으로써 스스 로를 좌초시킨다. 인간관계에 연연하는 것도 잡동사니에 지나지 않 는다. 부모와 자식 등 가족에 대한 과도한 책임이나 집착, 모든 사람 에게 사랑받으려는 욕심에서도 벗어나야 한다.

위대한 경영자들이 말하는 성공의 지혜 역시 압축과 간소화다. 미 련 없이 버리고 비워 보자, 당장.

지금, 내 가방을 점검하라

『새로운 시작을 위한 선택』

리처드 J. 라이더 · 데이비드 A. 샤피로, 송정희 옮김, 시유시, 2000

> 인생의 아침 프로그램에 따라 오후를 살 순 없다. 아침엔 위대했던 것
> 들이 오후엔 보잘것없어지고, 아침에 진리였던 게 오후엔 거짓이 될 수
> 도 있다.
> **—칼 융**

삶은 오묘한 것이다. 잔뜩 기대했던 일은 비껴가기 일쑤인 반면
'설마 내 차례까지?' 하던 일이 다가오는 수도 있다. 책도 마찬가지다.
그럴 듯한 제목과 유명인의 서평에 솔깃해 골랐다가 실망하는 게 있
는가 하면 우연히 펼쳐 들었다가 횡재한 기분을 느끼게 되는 책도
만난다.

『새로운 시작을 위한 선택(Repacking Your Bags: Lighten Your Load for
the Rest of Your Life)』은 후자에 속한다. 메시지는 간단하다. 우리 모두
언젠간 맞닥뜨릴 '인생의 오후'에 당황하지 않으려면 지금의 인생 가

방을 풀어 정리한 다음 다시 싸야 한다는 것이다.

리처드 와이더를 비롯한 저자들은 1946~1964년생을 위해 썼다고 밝혔지만 실제 내용은 세대에 상관없이 삶의 무게에 눌려 허덕이거나 길을 잃었다 싶은 사람 모두를 겨냥한다. "직장과 가정, 사적인 모임 등 모든 곳의 요구에 일일이 부응하고자 악전고투하는 이들을 위하여"라는 부연 설명도 나온다.

가방을 푼다는 것은 자신의 현재에 대한 철저한 점검을 뜻한다. 인생이라는 긴 여정의 어디쯤에 있고, 어디로 가고 싶으며, 어떻게 갈지 알고 싶다면 먼저 내가 소유한 것, 맺고 있는 관계, 지고 있는 각종 책임이 앞으로 나아가는 데 도움이 될지, 아니면 그저 발목만 붙들고 있는 건 아닌지 꼼꼼히 따져 보라는 것이다.

그러고 나서 지금까지 져 온 짐들이 과연 자신을 행복하게 하는지, 더 이상 필요하지도 않은 짐 때문에 버거운 건 아닌지 자문해 보라고 권한다. 언제 어떤 상황에서든 엉켜 있는 실타래를 풀고 자유로워질 수 있는데도 많은 사람이 진짜 원하는 삶과 상관없는 일에 힘을 쏟느라 고생하고 있다는 지적이다.

가방을 다시 싼다는 건 삶에 대한 재평가와 새로운 인생의 시작을 의미한다. 더 이상 헤매지 않고 자기 삶의 주인으로서 살아가고 싶다면 삶의 우선순위 내지 훌륭한 삶에 대한 정의를 바꿔야 한다는 조언이다. 그러려면 먼저 재고 조사를 통해, 없으면 살 수 없는 것, 없이 지내고 싶지 않은 것, 확실하지 않은 것, 없애고 싶은 것을 구분해

곁에 두고 싶은 책

야 한다고 강조한다.

덧붙여, 행복은 소유가 아니라 경험에서 얻어지고, 내가 누구이고 어떻게 살고 있는지는 시간을 어떻게 보내느냐에 따라 판가름 나는 법이라며 새로운 시작을 위한 몇 가지 지침을 전한다.

마음과 영혼의 행복에 필요한 시간을 위해 보수 받는 일을 줄일 것, 스스로에게 '좋아'라고 말하기 위해 남에게 '안 돼'라고 말하는 법을 배울 것, 인간관계를 더 넓히기보다 기존의 관계를 돈독히 할 것, 밖에 있는 최상의 것을 구하려 하기보다 가진 것 안에서 만족을 찾을 것, 긴 안목으로 보고 인내를 배울 것.

회사 일이 힘들다고 그만두기보다는 자기가 꼭 안 해도 되는 일 한두 가지를 사양하고 가끔 별난 옷도 입어 보는 등 일상의 틀을 깨 보라는 말도 곁들인다. 그리고 무엇보다 자신에게 관대해지라고 조언한다. 가끔 길을 잃는 것도 괜찮다는 저자의 또 다른 한마디는 막막할 때마다 힘을 불어넣는다.

삶이 우리를 짓누른다고 느끼는 바로 그때, 우리는 예기치 않은 성장과 생명의 여정을 밟고 있다.

목표 달성을 위한 효율적 지침

『피터 드러커의 자기경영 노트』

피터 드러커, 이재규 옮김, 한국경제신문, 2003

머리 좋은 사람이 종종 창조성과 혼동하는 열정과 분방함 속에 빠져 있는 동안 누군가는 동화 속 거북이처럼 한 발 한 발 나아가 목표 지점에 먼저 도달한다.

2011년 삼성그룹은 임원들에게 스트레스 테스트를 실시하겠다고 발표했다. 스트레스에 대한 내성, 집중력, 대인관계, 스트레스 정도부터, 잠은 잘 자는지, 신경계통 치료제를 복용 여부까지 두루 점검한다는 것이다. 임원의 정신건강을 위해서라지만 정작 당사자에겐 그런 테스트를 받는다는 사실이 또 하나의 스트레스일지 모른다.

봉급쟁이의 꿈이라는 중역도 막상 오르고 나면 이만저만 부담스러운 게 아니라고 한다. 실적도 실적이요, 회사 안팎의 인간관계 및 수시로 판단하고 결정해야 하는 수많은 사안 앞에서 그만 눈앞이 캄캄해지곤 한단다. 어떻게 하면 부담을 덜고 목표를 달성하는 임원, 상사에게 인정받고 부하에게 존경받는 중역이 될 것인가.

곁에 두고 싶은 책

피터 드러커(1909~2005)의 『자기경영 노트(The Effective Executive)』는 이런 고민에 싸인 중역은 물론 임원을 바라보는 부장과 팀장 등 모든 간부를 위한 책이다. '20세기 경영 그루'로 불리는 드러커는 임원에게 필요한 건 단순한 효율성(efficiency)이 아니라 목표를 달성하는 능력(effectiveness)이며 그 힘은 타고 나는 게 아니라 길러지는 것이라고 말한다.

그러면서 목표를 달성하는 데 가장 중요한 요소는 실천력이라고 주장한다. 머리 좋고 부지런한 데다 지식과 상상력까지 풍부해도 실행 능력이 없으면 아무 소용도 없다는 것이다. 구구단처럼 연습과 반복을 통해 익혀야 하는 실행력의 요소는 다섯 가지다.

시간 관리
공헌하는 법
강점 활용법
일의 우선순위를 정하는 법
의사 결정법

시간 관리를 첫째로 꼽은 이유는 간단하다. 시간은 저장과 대체가 불가능하다. 그러니 꼭 필요한 일에 집중할 수 있도록 가능한 한 권한을 이양하는 법, 거절하는 법을 배우라고 조언한다.

두 번째는 공헌하는 법을 익히는 것인데 이를 위해서는 조직의 목표에 맞춰 자신을 바꿔야 한다. "오만은 지식을 파괴할 뿐만 아니라 지식의 아름다움과 유효성을 갉아먹는 퇴행성 질병"이란 말과 함께 예로 든 미국 정부 산하 과학연구소의 일은 가슴을 친다.

평범하던 출판국장 후임으로 일류 과학기자가 온 뒤 간행물은 전문지 다운 냄새가 물씬 풍겼지만 과학자들은 구독을 중단했다. 원인은 이러했다. '과거 출판국장은 우리를 위해 글을 썼는데 새 국장은 우리에게 글을 쓰고 있다.'

세 번째 강점 활용법은 인사 관련 내용이다. 모든 것을 다 잘하는 사람은 없으며 따라서 사람을 쓰고 배치할 땐 '그가 할 수 없는 건 무엇인가'가 아니라 '남보다 잘할 수 있는 일은 무엇인가'에 초점을 맞춰야 한다. 네 번째 '우선순위 정하기'에선 다섯 가지 기준을 제시한다.

미래를 보라.
문제보다 기회에 초점을 맞춰라.
독자적 방향을 고르라.
인기에 편승하지 마라.
뚜렷한 차이를 낼 수 있는 목표를 노려라.

이런 팁도 있다.

우선순위를 결정하는 데 필요한 건 이성적인 분석이 아니라 용기다.

곁에 두고 싶은 책

다섯 번째 의사결정에서 고려해야 하는 사항 또한 앞에 적시한 내용들처럼 임원이 아니더라도 봉급쟁이 누구라도 기억해야 할 '자기 경영 노트'임에 틀림없다.

문제의 성격을 인식하고, 명확한 정의를 내리고, 무엇이 올바른지 판단하고, 실행방법을 구체화하고, 피드백 하고, 아무리 마음에 안 드는 반대 의견이라도 귀를 기울여 보라.

가장 인간적인 육아법

『잃어버린 육아의 원형을 찾아서』

진 리들로프, 강미경 옮김, 양철북, 2011

모든 종류의 실패는 능력 부족이나 불운 혹은 경쟁 때문이 아니라 편하
다고 체득한 상태를 유지하려는 성향에서 비롯된다. 의지는 습관의 상
대가 되지 못한다.

육아에 정답은 없다. 아이를 재울 때 "처음부터 따로 재워야 한다."
와 "아니다, 한동안은 데리고 자야 한다."부터 "젖이나 우유는 시간
을 정해 규칙적으로 먹여야 한다."와 "무슨 소리, 아기가 원할 때마다
주는 게 좋다."까지 상반된 이론이 끊임없이 되풀이된다.

이 책은 그런 논란에 마침표를 찍는다. 미국 뉴욕 출신 저자 진 리
들로프(1926~2011)는 베네수엘라 카우라 강 상류에 사는 예콰나 족
의 삶을 바탕으로 "아기는 엄마 품에서 자라야 한다."고 주장한다. 예
콰나 족 아기들은 손가락을 빨지도, 버둥거리지도, 자지러지지도 않
는데 그건 유아기 내내 엄마가 옆에 끼고 지내는 덕이라는 것이다.

『잃어버린 육아의 원형을 찾아서(The Continum Concept: In Search of Happiness Lost)』에 따르면 아기를 어떻게 대해야 할지 결정하는 건 이성의 영역이 아니다. 인간은 호모사피엔스 시절 이전부터 육아에 대한 본능을 지니고 있었다. 하지만 오랫동안 축적된 지식을 무시하고 학자들의 연구에 육아법을 맡긴 결과 타고난 감각은 훼손되고 원래의 욕구와 왜곡된 욕구를 구분하지 못하는 지경에 이르렀다.

갓 태어난 아기를 엄마 품에서 떼어내 차가운 병원 침대로 옮기는 일이 대표적이다. 그것도 모자라 더러는 집에 데려온 뒤에도 독립심과 절제력을 키운다며 갓난아이를 혼자 재우고 울다 지쳐 포기할 때까지 내버려 둔다. 세상에 이처럼 잔인한 일은 없다. 인간의 삶은 연속적인 것으로 누구도 이전 경험에서 자유로울 수 없기 때문이다.

태아의 선험은 엄마 뱃속에 있던 시절의 것이다. 축축하고 따뜻하며 엄마와 일체가 돼 있는 상태다. 따라서 아기는 엄마의 숨소리와 심장 박동을 느낄 때 안전하다고 느낀다. 엄마의 품을 빼앗긴 아기는 불안과 고통, 외로움을 덜기 위해 손을 휘젓거나 발길질을 하고 몸을 뻣뻣하게 만드는가 하면 손가락을 빤다. 엄마의 머리나 목걸이를 잡아당기거나 음식을 쏟는 건 관심을 끌기 위한 행동이다. 실제 확성기로 심장박동 소리를 들려 줬더니 건강이 놀랍도록 좋아졌다는 보고도 있다.

사람의 정체성 또는 정신의 범위는 영·유아기에 형성된다. 영아기에 온전히 사랑받는다고 여긴 아이와, 그렇지 못하고 욕구불만 상태에서 지낸 아이는 훗날 같은 경험에 대해서도 전혀 다르게 반응한다. 부모로부터 환영받는다는 확신을 지녔던 아기는 커서 사람들과 스스럼없이 어울리며 남을 배려하고 독립심도 강하다.

거꾸로 그 시절 외로움과 박탈감에 시달리면 자신감과 자아개념, 자발성이 부족해지고 사람과 삶을 믿지 못한 채 의심이나 회의, 상처 받을지도 모른다는 두려움 또는 체념에 익숙해질 수 있다.

저자는 또 아기를 너무 조심스럽게 대하지 말라고 조언한다. 유리 그릇 다루듯 하면 아이는 자기가 정말 약한 존재라고 생각하고 이는 발달기와 성인기의 능률을 해칠 수 있다는 설명이다.

책엔 이밖에도 귀 담아 들을 만한 내용이 많다. 일 핑계를 대지 말고 1년, 적어도 여섯 달에서 여덟 달 정도는 품에서 떼어 놓지 않아야 아이에게 사회성과 느긋한 성격을 길러 줄 수 있다는 얘기는 넉넉한 육아 휴직이 왜 필요한지 일깨우고도 남는다.

곁에 두고 싶은 책

한계를 돌파해 인생의 완성도를 높인다

『몰입, 두 번째 이야기』
황농문 , 랜덤하우스, 2011

열일곱 살 때 이후 33년 동안 매일 아침 거울을 보면서 물었다. 오늘이 내 인생의 마지막 날이라면 지금 하려는 일을 할 것인가? 인생의 중요한 순간마다 곧 죽을지도 모른다는 사실을 명심하는 게 내 삶의 가장 중요한 도구가 됐다.
─스티브 잡스

미국 클레어몬트 대학교 피터 드러커 대학원 교수인 긍정심리학의 대가 칙센트 미하이는 "위대한 업적을 남긴 사람들이 목표에 몰입할 수 있었던 공통적인 이유는 삶의 한시성 내지 죽음에 대한 두려움 때문"이라고 분석했다. 저자는 이런 예를 들어 죽음에 대한 통찰이야말로 생존을 위한 최소한의 노력이 아닌 후회 없는 삶을 위한 최대한의 노력을 하게 만든다고 말했다.

책은 서울대 재료공학부 교수인 황농문이 2007년 말 출간, 대학생과 직장인들 사이에 일대 선풍을 일으켰던『몰입』의 속편이다. 그는 불안과 우울을 고질병처럼 안고 사는 사람들에게 인생을 바꾸는 새로운 패러다임을 알려 주기 위해 몰입의 심층적 원리와 다양한 사례를 담은 두 번째 이야기를 썼다고 털어놓는다.

그는 인생에서 가장 중요한 건 어떻게 살 것인지 정하는 일이라고 주장했다. '어떻게'에 대한 답을 찾지 못하면 어정쩡한 삶, 우유부단하고 방향 없는 삶에 시달리게 되는 반면 답을 얻으면 파도치고 바람 불어 뒤로 밀려도 잠잠해지면 다시 앞으로 나가게 되고, 시간이 지날수록 빛나는 삶을 이룩할 수 있다는 것이다.

어떻게 살 것인지를 정했으면 두뇌 가동력을 높여야 한다. 그에 따르면 천재는 몰입으로 숨은 재능을 찾아낸 사람일 뿐이다. 미국의 천재 연구가 앤더슨 에릭슨은 바이올리니스트의 연습 시간과 실력의 상관관계를 조사, 한 분야의 진정한 전문가가 되려면 최소 1만 시간은 투자해야 한다는 '1만 시간의 법칙'을 내놨다. 모차르트는 두 살 때부터 매주 35시간씩 연습, 여덟 살 때 1만 시간 연습을 달성했다. 신동은 태어난 게 아니라 만들어진 셈이다.

몰입은 분산된 관심과 에너지를 모아 한곳에 집중하는 것이다. 높은 몰입도를 유지하려면 다른 일에 방해받지 않는 연속된 시간을 확보해야 한다. 학습 몰입도를 올리자면 30분에서 1시간을 견뎌야 한다. 업무 몰입도를 높이기 위해선 상사나 동료 부하직원과 가볍게 대화하거나 토론한다. 상대가 없으면 혼자 중얼거리는 것도 괜찮다. 걸

곁에 두고 싶은 책

으며 생각하는 것도 좋다. 산책이 어려우면 실내에서라도 왔다갔다 한다. 동영상이나 소리파일을 듣거나 10분에서 20분 정도 잠깐 눈을 붙이는 것도 괜찮다. 규칙적인 운동도 필수다.

우리 뇌엔 매일 엄청난 양의 정보가 입력된다. 잠들면 해마에서 정보를 선별한다. 중요하지 않다고 판단되면 폐기 처분하고 중요하다 싶으면 장기 기억으로 보낸다. 중요도는 자극의 세기와 반복 곧 '확실한 목표와 끈질긴 생각'에 달렸다. 몰입 상태에서 아이디어가 떠오르는 빈도는 평소의 열 배에서 백 배 정도다.

몰입을 위해선 몸에 힘을 빼고 편안한 자세로 천천히 생각하는 게 효율적이다. 무엇보다 잘 자야 한다. 뇌가 쉬면서 하루의 경험에 대해 숙고하는 시간은 우리가 잘 때뿐이다. 자는 동안 뇌는 정보의 위치를 바꾸거나 서로 다른 정보를 연결한다. 창의성은 여기에서 나온다. 책은 산책과 숙면, 지루함을 견디는 훈련이 얼마나 중요한지 새삼 일깨운다. 답은 늘 가까운 데 있다는 듯.

천천히, 무심하게

『둔감력』

와타나베 준이치, 정대형 옮김, 형설, 2007

S선배는 다소 꺼벙하게 보였다. 주임교수는 툭하면 그에게 잔소리를 하거나 야단을 쳤다. 다른 이들은 죄다 그 교수를 피했지만 그는 무슨 말을 들어도 머리를 조아리며 "예, 예."라고 대답했다. 덕분에 그는 수술 실력이 빼어난 교수의 조수로 일하면서 당시 최고의 의술을 통째로 얻어갔다. 둔감력과 끈기는 그에게 성공과 건강 모두를 가져다줬다.

봉급쟁이 노릇을 하다 보면 불가사의하다 싶은 일이 있다. 똑 부러지는 사람보다 상사에게 노상 야단맞는, 어딘가 모자란 듯한 사람이 인사고과에서 더 좋은 평가를 받고 승진하는 게 그것이다. 사회생활을 잘하기 위한 최고의 덕목이 '원만한 성격' 혹은 '친화력'이란 얘기가 나오는 이유다. 사람 좋다는 말을 듣자면 질책이나 잔소리에 무심해야 한다. 듣기 싫은 얘기에 둔감해야 웃어넘기거나 그냥 지나칠 수 있지, 예민하면 도저히 그럴 수 없다.

『둔감력(鈍感力)』은 바로 그런 둔함과 무심함의 힘에 관한 책이다. 저자 와타나베 준이치(1933~)는 일본 홋카이도에서 태어나 삿포로 의과대학을 졸업한 뒤 정형외과의로 일하면서 소설을 쓴 의사 작가다. 작품을 통해 인간의 심리를 파헤치는 데 주력한 그는 의사로서의 경험을 바탕으로 신체적 건강은 물론 정신적 건강을 위해서도 매사에 둔해질 필요가 있다고 강조한다.

둔한 사람은 모기에 물려도, 약간 상한 음식을 먹어도 괜찮고 스트레스도 덜 받는다는 것이다. 둔하면 몸뿐만 아니라 마음도 상처를 덜 받고, 상처를 덜 받으니 상처 준 사람도 스스럼없이 대하게 되며 그러다 보면 미안한 마음을 지닌 상대로부터 기회를 얻게 된다는 것이다. 그렇지 않고 예민하게 굴면 굴수록 상대를 불편하게 해 결국 떠나게 만든다는 조언이다.

세상은 결코 호의적이지 않다. 재능을 알아보고 키워 주는 경우도 흔치 않다. 오히려 재능 있어 보이는 사람은 여기저기서 경계의 눈초리를 받는다. 은근히 질투하는 사람들 틈에서 바보 취급을 당하거나 집단 따돌림에 시달릴 수도 있다. 이럴 때 예민하고 순수하면 좌절하기 십상이라는 게 저자의 주장이다. 남의 말이나 태도에 무심해야 누가 뭐라 하든 넘어지지 않고, 설사 넘어졌어도 다시 벌떡 일어나 제 길을 걸어갈 수 있다는 얘기다.

시각, 청각, 후각, 촉각도 적당해야지 너무 좋으면 문제라고 꼬집는다. 안 보이는 것도 있어야 주근깨투성이 얼굴도 예뻐 보이고, 안 들리는 것도 있어야 남의 험담도 못 듣고 지나칠 수 있지 온갖 게 다 보이고 다 들리면 피곤하기 이를 데 없다는 것이다. 냄새에 덜 민감한 것도 복이라고 덧붙인다. 고약한 냄새를 참을 수 있으니까.

그는 또 질투와 빈정거림에도 무심해져야 건강하고 즐겁게 살 수 있다고 말한다. 질투는 무시하고 빈정거림은 모른 체 지나쳐야지, 일일이 반응하면 자기만 손해라고 일러준다.

빈정거리는 말에 신경 쓰지 않고 당당하게 자신의 신념을 관철하는 사람은 아무도 이길 수 없다. 오히려 모두 한 발 물러서게 되고 어느 새 백 보를 양보하게 된다. 나이에 상관없이 대범한 의상을 입는 여든 살 할머니의 원동력은 주변 사람이 아무리 빈정거려도 눈 하나 까딱하지 않는 내면의 힘이었다. 남의 말을 무시할 수 있는 둔감한 힘, 그 자체다.

'지금부터 나는 단호하게 해 나갈 것이다.'라고 마음먹었으면 주변의 시선이나 사소한 소문 같은 건 신경 쓰지 않고 의연하게 행동해 나가는 것이야말로 크고 참신한 일을 해 나갈 수 있는 원동력이다.

남의 말에 신경 쓰느라 바쁜 우리 모두 가슴에 새겨 둘 만하다.

곁에 두고 싶은 책

곁에 두고 싶은 책

1판 1쇄 찍음 2012년 9월 5일
1판 1쇄 펴냄 2012년 9월 10일

지은이 | 박성희
발행인 | 김세희
편집인 | 이현정
책임편집 | 주소림
펴낸곳 | (주)민음인

출판등록 | 2009. 10. 8 (제2009-000273호)
주소 | 135-887 서울 강남구 신사동 506 강남출판문화센터 5층
전화 | 영업부 515-2000 **편집부** 3446-8774 **팩시밀리** 515-2007
홈페이지 | www.minumin.com

ⓒ 박성희, 2012. Printed in Seoul, Korea

ISBN 978-89-6017-320-0 03810